马明博 著

行愿者之歌

生活·讀書·新知 三联书店

Copyright © 2022 by SDX Joint Publishing Company.
All Rights Reserved.
本作品版权由生活·读书·新知三联书店所有。
未经许可，不得翻印。

图书在版编目（CIP）数据

行愿者之歌／马明博著．—北京：生活·读书·新知三联书店，2022.1
（生活禅）
ISBN 978-7-108-07256-6

Ⅰ．①行…　Ⅱ.①马…　Ⅲ．①散文集–中国–当代　Ⅳ．① I267

中国版本图书馆 CIP 数据核字（2021）第 251222 号

责任编辑	胡群英
装帧设计	康　健
责任校对	张　睿
责任印制	宋　家

出版发行　生活·讀書·新知 三联书店
　　　　　（北京市东城区美术馆东街 22 号 100010）
网　　址　www.sdxjpc.com
经　　销　新华书店
制　　作　北京金舵手世纪图文设计有限公司
印　　刷　北京隆昌伟业印刷有限公司
版　　次　2022 年 1 月北京第 1 版
　　　　　2022 年 1 月北京第 1 次印刷
开　　本　880 毫米 × 1230 毫米　1/32　印张 9.125
字　　数　200 千字　图 63 幅
印　　数　0,001-6,000 册
定　　价　49.00 元

（印装查询：01064002715；邮购查询：01084010542）

自序

原以为菩萨都高高在上，在天空中，在云朵上，与人距离遥远。读《行愿品》，发现普贤菩萨脚下生根，他就在最普通、最世俗、最琐碎的生活里行愿。

"行愿"，并非佛教名词，最早见于《易经》"履"卦："素履之往，独行愿也。"

多年前，我就对普贤道场——峨眉山心生向往。只是那时不知道，心中的愿望，日后会成为脚下的道路。

《行愿品》文字里有光，一束束隐约的、柔和的光芒。阅读即被照耀，一种恬静的、广阔的照耀。

普贤行愿以礼敬为起点，但行愿不止于礼敬。只在佛前跪着，久了，人也会头晕。

我起身回到桌前，拿起了笔。

马明博

目录

自序 ················· *001*

壹 朝圣起点
01 有些事情突如其来 ············ *010*
02 佛前供朵花，福报有多大？ ····· *015*
03 会行走的菩提树 ············ *021*
04 在舌尖上修行 ············· *027*
05 朝圣起点 ··············· *032*

贰 金顶望云
01 一块石头要想与众不同 ········ *040*
02 金顶望云 ··············· *045*
03 照破内心的黑暗 ············ *051*
04 佛之长子 ··············· *057*
05 寺院起火时，护法在哪里？ ····· *063*

叁 睡在佛的隔壁
01 分别是智，平等是慧 ·········· *070*
02 阿弥陀的心事 ············· *076*
03 痛苦是恶业的完成 ··········· *081*
04 睡在佛的隔壁 ············· *087*
05 华严顶上僧院花 ············ *092*

肆 仙峰遇佛
   01 脚痛的山路 …………………… *100*
   02 仙峰遇佛 ……………………… *106*
   03 猴居士 ………………………… *112*
   04 长胡子的普贤 ………………… *117*
   05 南怀瑾大坪旧事 ……………… *123*

伍 第一山
   01 一线天，一念间 ……………… *130*
   02 万年三宝 ……………………… *136*
   03 观"心"坡上 ………………… *142*
   04 空谷幽兰 ……………………… *148*
   05 峨眉为何是"第一山" ………… *155*

陆 行愿者之歌
   01 大禅师 ………………………… *162*
   02 行愿者之歌 …………………… *168*
   03 喜悦是心灵的食物 …………… *174*
   04 看得破，忍不过 ……………… *179*
   05 做错了事，忏悔有用吗 ……… *185*

柒 菩萨照远不照近
   01 佛陀有没有爱 ………………… *194*
   02 在古德林的绿荫下 …………… *200*
   03 菩萨照远不照近 ……………… *206*

04　圣水禅味⋯⋯⋯⋯⋯⋯⋯⋯⋯⋯ *212*
　　05　纯阳殿外普贤船⋯⋯⋯⋯⋯⋯ *218*

捌　峨眉山月歌
　　01　解脱桥畔谈解脱⋯⋯⋯⋯⋯⋯ *226*
　　02　峨眉山月歌⋯⋯⋯⋯⋯⋯⋯⋯ *232*
　　03　"泥号",骑象的人⋯⋯⋯⋯⋯ *239*
　　04　报国寺大脚印之谜⋯⋯⋯⋯⋯ *244*
　　05　清风明月最相亲⋯⋯⋯⋯⋯⋯ *250*

玖　净土移民指南
　　01　我念佛,佛念我⋯⋯⋯⋯⋯⋯ *258*
　　02　净土移民指南⋯⋯⋯⋯⋯⋯⋯ *264*
　　03　清音阁,流水禅心⋯⋯⋯⋯⋯ *270*
　　04　峨眉山下桥⋯⋯⋯⋯⋯⋯⋯⋯ *276*
　　05　不要坐在黑暗里⋯⋯⋯⋯⋯⋯ *281*

后记　在命运之书里,
　　　我们同在一行字之间⋯⋯⋯⋯ *287*

壹

朝圣起点

01　有些事情突如其来

　　四川的雨，像川剧的"变脸"，典型巴山蜀水的性格，可以柔情蜜意、淅淅沥沥，可以叮叮咚咚、幽默风趣，也可以噼里啪啦、风风火火；时而又孩子一样天真任性，男人一样大气豪放，女人一样温婉缠绵。

　　在峨眉山下的大佛禅院刚刚住下，雨就来了。

　　天地间一片齐刷刷的雨声。屋子里分外寂静。风把雨推搡到窗玻璃上，噼啪作响，雨迹蜿蜒。

　　贤友"哎呀"了一声。我和戒嗔赶紧扭过头看。

　　"这么大的雨啊！山路上的人可怎么办？"

　　噢，原来他想到了这个。我松了口气，安慰他："十里不同天。山下下雨，山上未必下雨。"

　　"万一山上也下雨呢？"

　　他可真是菩萨心肠。但问题是如果山上也下雨，你坐在这里担忧，又有什么意义？

　　"还记得去洗象池路上的那场雨吧？"

　　贤友说的那场雨，是一周前下的。那天早上，我们从金顶往下走，过雷洞坪往洗象池的路上，来了一场雨，劈头盖脸，让人躲闪不及。

　　四川的雨，典型巴山蜀水的性格，可以柔情蜜意、淅淅沥沥，可以叮叮咚咚、幽默风趣，也可以噼里啪啦、风风火火；时而又孩子一样天真任性，男人一样大气豪放，女人一样温婉缠绵。

一时手忙脚乱，从背包里取出雨披，雨中前行。没走多远，鞋子像刚从水里捞出来的。雨披外是雨水，雨披内是汗水。上衣很快湿透了，软塌塌、紧巴巴粘在身上，风一吹，阵阵寒意把人包裹起来。

山道拐来拐去，不知何处是尽头。雨水迷蒙眼睛，台阶湿滑，每一步都如履薄冰。那段山路，让人感觉到不仅背包沉重，肉身更沉重。

不知走了多远，山路前方忽然闪现出洗象池的殿堂。

山中遇雨，记忆犹新。还好，今天是在大佛禅院的客舍中。虽然满耳风声雨声，但是不用担心衣服鞋子被淋湿了。

是夜，听雨入眠。翌日清晨，率先入耳的，不是清脆的鸟鸣，依旧是淅沥的雨声。看来这雨缠绵地下了一夜。

我掀起窗帘，临窗的戒嗔朝里翻了个身。他躲避着亮光，嘟哝着："一路上喊累，能睡懒觉了，怎么不多躺会儿呢？"

贤友走过来瞅了一眼窗外："还在下雨，真好！咱们可以再休息一天。"

生活里充满了偶然，总有些事情突如其来，就像这场雨。

做朝山计划时，我没有预见到它。这场雨却清晰地洞察了我的疏忽，以这种方式彰显了它的存在。一切都是最好的安排。如果没有这场雨，朝山圆满后，我与贤友、戒嗔也该互道珍重、各回各家了。如今，却可多聚一日。

佛陀说，无常（偶然性、不确定性）是生活的常态。无常可能带来痛苦，也可能带来甜蜜。抗拒无常，只会让人陷入绝望；接受无常，有时痛苦发酵后，还可能变成甜蜜的饮品。更何况，抵抗、拒绝只是徒劳呢。

接受，是生命的一堂必修课。

早餐后，在禅院的长廊下漫步。长廊连接着各处殿堂，晴日遮阳，雨天挡雨。

细细的雨丝，在虚空中画出一道道空灵轻盈的线条。雨落在殿堂顶上，鳞次栉比的瓦脊间，溅起一层朦胧的水雾；雨落在空旷的庭院里，像小学生用心地做整页的填空题；雨被风推着来亲禅院里的花，花一闪，躲开了；雨轻抚竹叶，沙沙作响，声音连成一片……

高处的云层薄如纸，隐隐露出藏在云背后的那轮浅白的太阳。难道连绵的雨水冲淡了它的颜色？

风像个淘气的孩子，在长廊下奔跑着，不时撩拨着伸进长廊的竹枝。谁给风喷了香水？戒嗔嗅了嗅："风中怎么会有桂花香呢？"

迎风望去，庭院里有几株桂树，树下的青石板上，撒满了金黄的星星点点。

我们的脚步声很轻，却传出很远。禅院一片寂静。这时，一个词跳进我的脑海——"佛的庭院"。

佛的庭院，是佛经中记载的佛陀曾经居止停留过的地方。像"竹林精舍"（佛陀在南印度的弘法中心）、"庵罗树园"（佛陀在中印度的弘法中心，也是后来的印度佛教学术中心那烂陀寺所在地）、"祇园"（佛陀在北印度的弘法中心）、"灵山"及"七叶窟"等。阅读佛经，"如是我闻。一时，佛在……"，对这些地名不会陌生。

佛陀一生行走在印度大陆中部，他度化众生，往返于恒河与印度河之间的诸国，在这些庭院中逗留。佛陀的屋舍，是庭院中的某一间；其他屋舍，住着佛陀的随行弟子，像阿难、舍利弗、须菩提、罗睺罗等。

清晨或者黄昏，佛陀与弟子们在庭院中经行、禅坐。有时，佛陀在树下或讲堂中为大众说法。午餐前，佛陀带领弟子们托钵外出，乞食或应供（接受他人供养）。

庭院的门是敞开的。不断有追慕者走进来听佛陀说法。如果有疑问，你可以站起来提问。

有些人提问，是为了解决内心的困惑；有些人则是为了刁难佛陀，比如长爪梵志。

长爪梵志是佛弟子舍利弗的舅舅。他深入钻研婆罗门教的经典，刻苦用功，甚至顾不上修剪自己的指甲。因为指甲越长越长，他被称作"长爪梵志"。长爪梵志擅长辩论，据说在当时的印度，没人能辩论过他。

一天，长爪梵志走进佛的庭院。佛陀讲法时，他站了起来。

"释迦，不知道你是否听说：我是否定一切的。"

佛陀问："我想知道，这个否定一切的念头，你能否定掉吗？"

长爪梵志想了一会儿，陷入了沉默。

佛陀说："对能觉知的心来说，肯定一切是束缚，否定一切同样是束缚。不过是执着于不同的方向而已。"

佛陀的这句话，让长爪梵志真正觉醒了。

说到"佛的庭院"，要知道佛陀到过很多地方，但那些地名没有被记录下来。当然，即便佛陀没到过的地方，只要有佛像，也可称作"佛的庭院"。比如当下一刻，我们徜徉其间的大佛禅院。

禅院的寂静，与佛陀曾经栖居的庭院一样。正是这份寂静，让我浮想联翩。再过一会儿，在殿堂中禅坐的佛菩萨们，会不会走下座位，来庭院里经行呢？

02 佛前供朵花，福报有多大？

《增一阿含经》讲，有一年结夏安居（农历四月十五到七月十五）时，有些僧人懈怠轻忽，不乐闻法，也不安心禅修，甚至为琐碎的事争吵不断。

这时，佛陀突然不见了。

人们四处寻找，却寻而未果。

优填王心中牵念佛陀，寝食不安。他向佛陀弟子中"神通第一"的目犍连请教，请尊者进入禅定用神通看看佛陀在哪里。

目犍连告诉优填王："佛陀在忉利天宫。"

佛陀在人间降生的第七天，他的母亲摩耶夫人与世长辞，上生到忉利天。佛陀为报答母亲的生育之恩，也为了让僧众珍惜佛法、专心修行，暂时离开人间，上至忉利天宫为母亲说法去了。

优填王思佛心切，请工匠雕造了一尊旃檀木质的佛像。他借每日瞻礼佛像，纾解内心中的牵念之苦。

旧历九月二十二那天，佛陀结束了在忉利天宫的讲法，重返人间。这一天，被尊为"天降节"。优填王、僧众及善男信女们出城迎接佛陀归来。一件神奇的事发生了：那尊木雕的旃檀佛像竟然也走出城来。

花与佛教，因缘甚深。以花供佛，是向觉醒者表达敬意。

佛陀微笑着对旃檀佛像说:"未来您将大作佛事,度化众生!"

之后的某一天,文殊菩萨问佛陀:"您在世时,众生能见到您积累福德;未来您涅槃后,众生如何积聚福德?"

佛陀说:"如果未来的众生供养我的造像,和今天的众生供养我,福德是一样的。只怕众生信心不足,无法明白其中的道理。"

"佛陀幻化多种像,为利有情行善法"。佛教善于借助造像来弘扬佛法,度化众生,也被称为"像教"。佛经中还说:"即便有人以嗔恨心看佛像,也能为自己种下未来遇见千万尊佛的福德因缘。"

说到供佛,无论在寺院还是在家中,也无论是供水、花、灯、香,还是供水果、食物,有一颗虔敬的心最重要。佛像作为觉醒者的象征,无论是由什么材质做成的,都不会享用供养物。那么,为什么还要注重供养的形式呢?

供养这个行为,作为修心的法门,能帮助人驱除吝啬,获得安乐、解脱和觉悟。如果在供养时生起恭敬心、欢喜心、柔软心,福报更是不可思议。

大佛禅院内的大雄宝殿,高大宽敞。佛陀安坐殿中央,他面带微笑,慈视人间。佛陀身侧,侍立着迦叶、阿难两位尊者和十六位阿罗汉,他们或微笑,或肃目,或袒腹,或露背,或袈裟披身,或手捻佛珠,或拄杖而立……

我在殿内绕行一周,回到佛陀面前。抬起头,静静瞻视佛陀,我想起家中供养的佛像。偶有烦恼时,我就这样静静地坐在蒲团上观瞻佛像。藏在我心底的那些烦恼,也无须对佛倾诉,因为他知道。我坚信,解决掉这些烦恼的方法,佛也会悄悄地放进我心里。

我满怀欢喜地望着佛。佛满脸欢喜地望着我。就这样,彼此微笑,静静对视,谁也不说话。

不知不觉,我心里的烦恼消失得无影无踪了。

佛前供案上,摆放着一排排整齐的花瓶,瓶中插着一枝枝盛开的百合。我也想供几枝花。照看大殿的女居士为我选了三枝,每枝三个花苞。她拿起剪刀,斜剪根部,把花递给我。我回到佛前,将花举过头顶,默念"供养佛,供养法,供养僧",插进花瓶中。

贤友轻声问:"怎么想起在这里供花呢?"

"以花供佛,是向觉醒者表达敬意。"

他听了,双手合十,以示随喜。贤友这样做,也等同于供花,因为在没有花可供时,人可以"合掌以为花,身为供养具"。

花与佛教,因缘甚深。佛陀在菩提伽耶的菩提树下证悟之初,大梵天王献上一朵莲花,恳请佛陀慈悲说法,让众生也能够像佛陀那样拥有生命的最高品质。

由这朵莲花为缘起,佛法开始流布人间。

佛陀在灵鹫山时,大梵天王又来献上一朵金色莲花,请佛陀说法。佛陀手拈莲花,让僧众们看,但没有说法。僧众们面面相觑。迦叶尊者却微微一笑。佛陀说:"我有微妙的心法,能普照宇宙、包含万有、解脱生死、超脱轮回。此法超越了一切的表相,也无法用语言文字表达,只能以心传心。这个心法,我传给了迦叶。"

佛陀还将自己用的袈裟和钵盂送给迦叶。

《大梵天王问佛决疑经》记录的这段故事,成为"拈花一笑""衣钵真传"等禅门典故的原始出处。

说到花与佛教的因缘,还有"花开见佛"之说。

我们生活的这个世界,在佛经中称为"娑婆世界"(指不完美、有缺憾的世界)。人在娑婆世界念一声"南无阿弥陀佛",西方净土世界的莲池中,就会为他生出一朵莲苞。人不停念佛,净土莲池中那朵为他而生的莲苞就会随之长大。以此因缘,念佛人命终时,可以化生到那朵莲苞中。据《普贤行愿品》说,当那朵莲苞盛开时,化生到净土莲池的念佛人就能亲眼见到阿弥陀佛了。

数年前,一位研究插花的朋友,请我为他写"花开见佛",要竖幅的。我有些为难,从上往下写,佛字在最下面;虽说"诸法平等,无有高下",但这样似乎还是不妥。

"花开见佛",是站在人的角度来说的。对于阿弥陀佛来说呢?则是他一低头,恰恰看到有一朵莲花盛开。想到这儿,我一时豁然,"花开见佛"与"佛见开花",不就是一回事吗?我写了"佛见开花"给他。他欢喜纳受。

贤友问:"以花供佛,会有很大的福报吗?"

说到以花供佛的福报,被誉为"五台山一盏明灯"的梦参长老讲过一个故事。

有个印度人捡到一朵金色花。他想,我要把这朵花供养给佛陀,因为他大雄、大力、大慈悲、大智慧,能给我福报。

供花后,他问寺院僧人:"刚才我在佛前供了一朵花,我以后能有多大的福报呢?"

僧人说:"善士,我出家时间短,读经少。你这个问题,应该找一位出家时间长、读经也多的法师去问。"

这人找到一位读经多年的老法师。老法师说:"佛经上讲,佛前供花,会有很大的福报。福报到底有多大,我不清楚。我虽然读经多年,但没有好好修禅定,没能开启智慧。你去问问喜欢坐禅的阿罗汉吧。"

这人又去请教已经证得神通的阿罗汉。阿罗汉入定观察了一番，说："你在佛前供养这朵花的福报，从今生开始，八万劫都用不完。八万劫之后，我就说不清楚了。"

旁边有个凑热闹的人对阿罗汉说："您既然有神通，何不到兜率天宫去请教一下弥勒菩萨呢？"

阿罗汉重新入定，神识上至兜率天。

弥勒菩萨说："佛前供朵花，福报有多大呢？这个，只有佛能说清楚。我目前是菩萨，所以回答不了。我记住这件事，等我成佛后，一定会告诉你。"

03　会行走的菩提树

戒嗔一本正经地对我说:"咱们别光这么漫无目的地转啊,你给讲讲佛的故事吧!"

二千五百多年前,印度北部的迦毗罗卫国(今尼泊尔境内)发生了一件大事:王子乔达摩·悉达多放弃了舒适的贵族生活和即将继承的王位,毅然决然地离开了王宫,出家修行,寻求解脱生死轮回的方法。

悉达多先是师从古婆罗门教(后来演变为印度教)的六位大师在森林中专心坐禅,而后修苦行。他发现自苦身心,并不能摆脱轮回之苦。他渡过了尼连禅河,来到河的对岸,在一棵高大的毕钵罗树下,恢复日常的饮食,安心禅坐。七日之后,在一个晴朗凉爽的清晨,他成为人类精神进化史上第一个"觉醒的人"(佛陀)。

毕钵罗树因荫佑悉达多成为觉者,被视为"神圣之树",被尊称为"菩提树"。梵语中的"菩提",对应着汉语中的"觉悟""觉醒"。在佛陀说法之初,菩提树、菩提叶、莲花被当作早期的佛法象征物。

在植物学的世界里,作为"菩提树"的毕钵罗树,属于大型常绿乔木,归于桑科榕树属;它喜光、喜高温,分布在热带、亚热带地区,诸如印度、斯里兰卡、泰国、缅甸以及中国南部。

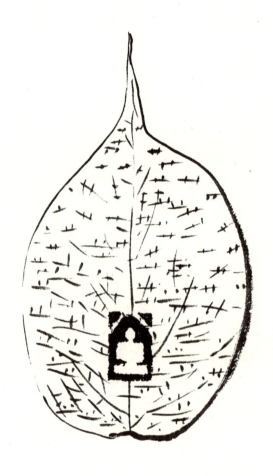

菩提树的幼树寄生于其他树种，成年后才独立成株。毋庸回避，佛法的菩提树是在古婆罗门教的土壤中成长起来的。

菩提树的幼树寄生于其他树种，成年后才独立成株。毋庸回避，佛法的菩提树是在古婆罗门教的土壤中成长起来的。佛陀发现了超越婆罗门教义的解脱之道，作为觉醒者，他也像成年后的菩提树一样不再依附而生，而是独立成株。

菩提树的叶片，形似一颗绿色的心脏。与之相合，在印度古典医学典籍中，菩提树叶可治疗心脏疾病。人的疾病有两种：一是身体的疾病，一是心理的疾病。佛陀作为"大医王"，能帮助众生解决心理疾病，进而促进众生心灵的觉醒。

菩提树雌雄同株，进入花季时，一树花开千朵万朵。菩提花结出的菩提籽，状如扁球，质地坚硬，人们习惯于将它打孔，串成念珠。在佛法中，花，代表慈悲与缘起；果，代表智慧与成就；捻动念珠修心，帮助人具足智慧与慈悲。

佛经记载，诸佛有各自的菩提树。因此菩提树并非只是毕钵罗树。《大般若经》中讲，毗婆尸佛坐无忧树，尸弃佛坐芬陀利树，毗舍婆佛坐娑罗树，拘楼孙佛坐尸利娑树，拘那含佛坐优昙跋罗树，迦叶佛坐尼拘律树，释迦牟尼佛坐毕钵罗树。

无忧树、芬陀利树、娑罗树……虽然种类不同，但都统称为：菩提树。

听到这儿，贤友若有所悟："禅宗六祖慧能那句著名的'菩提本无树'，会不会就是从这个角度说的？"

禅院大雄宝殿门外，一东一西，种植着两棵菩提树。据说，这两棵树也是从印度菩提伽耶（佛陀的觉悟之地）那棵菩提树移植来的。

听说这两株菩提树来自佛陀成道地，贤友和戒嗔的目光里多了一分崇敬。

为纪念佛陀觉醒这件事，早期的佛教寺院有移植菩提树的习俗。公元前3世纪，阿育王统一印度大陆后，大力弘扬佛法；他的儿子摩哂陀王子出家为僧，把佛法传播到狮子国（今斯里兰卡）。传说摩哂陀从菩提伽耶见证佛陀觉醒的菩提树上取了一根枝条，带到斯里兰卡扦插成活，此树今天依然枝繁叶茂。

墙上有幅导游图，戒嗔站着看了一会儿，把我喊过去。他指着图中的指向标提醒说："你看，禅院是坐西朝东的。"

汉传佛教的寺院格局，大多坐北朝南。漫游禅院，我在方才的讲解中，一直认为大光明山居北，山门居南。看来，经验有时也靠不住。

我想到了作家林达的《总统是靠不住的》。林达赴美那年，正赶上"总统大选"。他们以看热闹的心情，"近距离看美国"，惊讶地发现，美国人更愿意相信制度对权力的监督与制约，因为"总统这个人有时是靠不住的"。

美国的总统是不是靠得住，对我没什么影响。戒嗔校正了我的方向感，让我省悟到大雄宝殿前这两棵菩提树，其实是一南一北。

这两棵树，虽然来自同一个母亲，长势却迥然不同——北侧这株枝繁叶茂，南侧那株枝叶稀疏。貌似平常，却又禅机隐隐。

南侧的枝叶稀疏，像极了佛教在印度大地上的命运。12世纪开始，印度佛教走向衰败，随即沉寂了七百多年。1950年以来，在"新佛教运动"的推动下，印度佛教重又长出新芽；经过五十多年的发展，印度佛教信众约占其总人口的百分之零点七。

北侧的枝繁叶茂，如同佛教在中国的传播。汉、藏两大语系保存了大乘佛教的重要经典，中国成为举世公认的"佛教第二故乡"。佛教从中国传播到朝鲜半岛、日本、越南等地。1950年以后，佛教又传播到欧美地区，如今，有众多的蓝眼睛开始凝望东方的菩提树，了解佛陀在菩提树下觉醒到了什么。

"是啊,当年佛陀觉醒到了什么呢?"贤友迫切地问。

佛陀发现,人类及其赖以生存的世界并非是神创造的,是因缘和合的;这个世界秩序的维系者,也不是神,而是因果规律。佛陀坦言,他本人不是神的化身,也不是神的使者。

佛陀所提倡的,是有关心灵觉醒的教育与实践。他提醒人们,痛苦既是无法回避的客观存在,又是可以止息的;他愿意把止息痛苦的方法分享给大家。

方法很简单:观呼吸。找个安静的地方,静静地坐下来,把注意力集中在鼻端,慢慢地体会身体呼吸时气息的进与出。

静静地观呼吸,你会发现,越是静谧,内心深处越会浮现出很多微细的念头。对这些念头,无论美好的,还是痛苦的,都无须理会。你要做的就是提醒自己,静静地观照好这些念头,不要让自己的心跟着念头跑。一边慢慢呼吸,一边练习观照,你会看到,那些微细的念头就像出现在水面上的水泡,会慢慢地破灭。

当然,通过观呼吸来观照好自己的心,可不是一蹴而就的事,需要不懈地练习。在觉照中,当练习者能把身体的感受与心里情绪分开时,解脱之门就向你敞开了。

贤友有些不敢相信:"就这么简单吗?"

虽说"大道至简",但这堂心灵觉醒教育课程的核心——观呼吸的实践,需要练习者独立完成;就像每个人的呼吸他人无法替代一样,观呼吸这件事,也无法通过祈祷、辩论、阅读、跪拜、放生或上香来替代。

觉醒之后的佛陀,就像一株会行走的菩提树,在印度诸国的山川河流之间行走了四十五年,对不同族群的民众进行心灵觉醒教育。

佛陀说，只要肯实践，所有愿意让心灵觉醒的人，都能和他一样成为"觉醒的人"。成为觉醒的人，不是成为"所谓佛教徒"，更不是成为"精致的利己主义者"，不是成为"聪明、世俗、老到、善于表演"的成功人士，不是成为"野蛮、冷酷的知识分子"，而是成为会行走的菩提树，以智慧、慈悲的双臂勇敢而优雅地拥抱这个世界。

八十岁那年，佛陀走到印度拘尸罗城外的树林中，安然示寂。佛陀示寂之后，无数追随者像佛陀那样，相继成为一株株会行走的菩提树，在时光长河的粼粼波光中，将心灵觉醒的教育传播给更多的人。

04　在舌尖上修行

"你吃什么,你就是什么。""你的命运,取决于你吃了什么。"法国美食家让·布里亚-萨瓦兰为什么要这样说呢?

从"吃什么",可以看出一个人的素养。素养浅薄者暂且略过不论,世间大凡素养深厚的人,大多拥有平常心,能"肥淡无别,清浊并饮",即便嚼菜根也有滋有味,甚至"饭疏食,饮水,曲肱而枕之,乐亦在其中矣"。

《黄帝内经》说,"味淡上升,味重下沉"。这与佛门的《楞严经》是相通的:人的业障轻,口味偏淡;业障重,口味偏重。

佛经中讲,天界的众生以甘露为食,受用人间的供品,闻味道即可得饱;地球上的众生色身粗重,只闻味道无法驱除饥饿,必须咀嚼吞咽食物,胃部得到充实,才可得饱。

近年,辣味纵横天下,人们的饮食"无辣不欢"。人为什么会嗜辣?从心理学的角度看,辣味的强劲刺激能缓解人的压力。

辣是什么感觉?如同皮肤被烧灼。吃辣,口腔里像起了火;火辣的烧灼感原本是痛感,怎么会成为愉悦?生理医学研究发现,舌头接触到辣椒素,交感神经马上把"灼痛感"传到大脑;大脑判断身体局部"受

　　人吃饭是为了活着,但是人活着不仅是为了吃饭。会吃饭的人,在舌尖上修行,一举一动都提起觉照,怀着感恩的心面对食物,细嚼慢咽,从容柔和。

伤了",随即发出指令,让免疫系统制造出大量的多巴胺,进行自我救护。多巴胺这种带有麻醉功能的神经激素,会让人心跳加速、脉搏加快、血管扩张,从而产生强烈的舒适感。

依赖辣味,固然能缓解生存压力,但让人对味道更加挑剔贪着。贪味的人不知道,通过刺激增进食欲,口味越重,欲望就会越强烈,性格就会越偏执。

忽然说到吃,是因为贤友饿了。在禅院中东走西看,不知不觉,天近中午。贤友问:"你们饿不饿?我肚子怎么咕噜咕噜叫起来啦?"

久闻禅院素食不错,今日不妨尝尝。

我是有啥吃啥,不擅点菜。戒嗔、贤友这俩资深"吃货",头凑在一起,认真研究,确定了"六菜一汤":罗汉菜、素炒山药、素西南、水煮山菌、佛门泡菜、百合西芹,外加清凉汤(黄瓜片汤)。

上餐前,服务员端来三杯绿茶。直筒形的玻璃杯里,茶汤淡绿透亮。贤友端起杯子喝了一口:"这茶好。"他吹着杯里升腾着的热气,又啜了一小口。我尝了尝,唇齿留香,问:"这是什么茶?"

服务员笑着说:"雪芽。"

中国是茶的故乡。中国的茶,品类繁多,各具特色。白茶像山居的道士,道法自然,滋阴润肺;绿茶如纯洁的少女,天真烂漫,清新可人;黄茶若饱学的书生,内涵深厚,启人心智;青茶是历经沧桑的老男人,岩韵花香,满怀故事;红茶似洋溢母性的妇人,呵护关怀,温馨体贴;黑茶仿佛独行的剑客,汤色浓得让人看不透,却能肝胆相照。

峨眉雪芽,是绿茶名品。该怎样形容她?我品咂着唇齿间的余味,隐约传来空谷幽兰般的隐逸之香。

一是走路走累了,一是禅院天厨妙味,弘素有道,色香味具足,菜肴清新可口。一桌饭菜，被我们吃了个盆干碗净。如果厨师看到，该多么欢喜！餐饮业讲，顾客光盘，就是厨师的奖牌。

戒嗔平素无肉不欢。今天，他吃得一脸满足："如果素食都这样，吃素也是蛮好的呀！"

如今，越来越多的人喜欢以素养心。素食，不仅是一种饮食习惯，更是可付诸实践的生活哲学，让人平静内心，调和身心，生活自律。

佛门讲吃饭是"为疗形枯"。人吃饭是为了活着，但是人活着不仅是为了吃饭。虽说人不吃饭，无法止息饥饿的痛苦，但很多人不会吃饭。会吃饭的人，在舌尖上修行，一举一动都提起觉照，怀着感恩的心面对食物，细嚼慢咽，从容柔和。

说到饮食，印度"圣雄"甘地，这位以提倡"非暴力运动"闻名于世的圣者说："世界上最大规模的杀戮，不是战争，而是人类手中的刀、叉。"世界著名的环保组织"地球公民"提出"素食是人类的责任之一"，最好的放生就是"让动物离开人类的菜单"。

戒嗔质疑：吃素会不会导致营养不良？这也是很多人共同的疑问。

哈佛大学的学者们不知是否借鉴了佛陀的主张，他们为人类做"健康饮食的建议"时，也主张"肉的最佳食用量为零"。

顾虑吃素会营养不良的人，可能忽略了另外一个事实：肉食提高了人罹患癌症及心脑血管疾病的几率。

曾有生理学家指出，动物被宰杀时，身体产生的愤怒、痛苦、恐惧等极端情绪会形成神经毒素，转而破坏食肉者的健康。就像佛陀在《大乘入楞伽经》中所说："食肉之人，众生见之，悉皆惊怖……夫食肉者，身体臭秽，贤圣善人，不用亲狎……食肉者，诸天远离，口气常臭，增长疾病，易生疮癣。"

动物面对杀戮时的哀嚎，与人在病苦中绝望的呼喊，有什么区别？因此，人类不应该用口腔为其他生命施加酷刑，更不应该让肠胃成为其他生命的墓地。

古往今来，提倡素食的佛门，寿星众多。古有唐代赵州禅师，他住世120年；近有现代的虚云老和尚，也是住世120年；当代高僧住世超过百岁的，有本焕长老（住世106年）、梦参长老（住世103年）等。

在家修行的佛门居士也喜爱素食。如宋代诗人黄庭坚，他说："我肉众生肉，名殊体不殊；原同一种性，只是别形躯；苦恼从他受，肥甘为我须；莫教阎老断，自揣看何如？"曾经的佛门领袖赵朴初，九十多岁时赠诗友人："不知肉味七十年，虚度自惭已九十；客来问我养生方，无他奉告惟蔬食。"

佛门提倡素食，不仅因为素食能为人生播种喜乐，更关键的是长养慈悲心。

人给予这个世界的，也将是这个世界要给予你的。在佛法中，这一规律叫作"因果的等流"。因果可不是简单加减，也有乘除，甚至像滚雪球一样几何级倍增，好比"春种一粒粟，秋收万颗子"。因此，播种欢乐，将收获更多的欢乐；播种痛苦，将收获更多的痛苦。

05 朝圣起点

午斋后,戒嗔有些犯困,想回房间休息。贤友笑着拉住他:"刚吃完饭,不能马上睡觉,小心脂肪肝。"

我说:"你难道不知道吗?《阿弥陀经》里讲,菩萨在净土世界都要饭食经行的。"

戒嗔疑惑地问:"什么是饭食经行?"

"就是饭后散步。"说完,我推着戒嗔走动起来。

走了一阵,戒嗔说:"走一走,不困了,好像真比睡觉舒服。你们看,现在雨也停了,咱们往山门那边走走,如何?"

山门内侧庭院里,圆形水池中央,竖立着金色的释迦佛太子像。佛经故事说,释迦佛出生后在大地上走了七步,他落脚之处生出朵朵莲花。他一手指天,一手指地说:"天上天下,唯我独尊;三界皆苦,吾当安之。"说完,空中飞来九条龙,喷水沐浴他。

水池周围也设计了九条龙,它们嘴巴向上张着,但没有喷水。

贤友绕水池走了一圈,他回来时满脸兴奋,拉着我走到太子像侧面:"你从这儿看,佛是不是一脸悲悯?"哦,果然。他又把我拉到正面:"在这里看呢,佛是不是一脸欢喜?"

"朝圣起点"这个牌坊,既是朝圣峨眉的起点,也是佛门与俗世的分界点。往里,佛门净地;往外,闹市红尘。

戒嗔听清楚怎么回事后,也绕水池走了一圈。他走回来时,一脸的不以为然:"人家就是这样设计的,你干吗大惊小怪!"

细雨初歇,雾气弥漫,禅院笼罩在一片朦胧中,犹如仙境。

从山门那边走来几个人,雾中眉目模糊,这场景,让我想起美国诗人庞德的诗句——"湿漉漉的黑色枝条上的许多花瓣"。

走近了看,其中有位僧人。他把我们上下打量了一番。"明天你们去金顶吗?"

"我们昨天刚从金顶下来。"贤友说。

僧人"哦"了一声,他停下脚步:"你们不错啊!还知道来这里!"

僧人抬起胳膊指着云遮雾掩的远山:"有没有人给你们讲,整座峨眉山就是普贤菩萨的示现。金顶是菩萨的头,万年寺是菩萨的心,报国寺、大佛禅院是菩萨的脚。来朝峨眉,要从脚下走到金顶才叫圆满。"

说着,他摇了摇头:"现在的人心急,都恨不得一步跑到菩萨头顶去!"

僧人的话,让我想起随师学禅之初。那时,我也一心想着"一超直入如来地""会当凌绝顶,一览众山小",把净慧长老苦口婆心叮咛的"平常心""本分事""禅在当下",统统抛在了脑后。还好,后来又迷途知返。

僧人向禅院深处走去,走出几步,他扭回头:"山门外有个'朝圣起点'的牌坊,你们去看看吧。"

"朝圣起点"牌坊上,分别写着"菩提路""般若门"。这个牌坊,既是朝圣峨眉的起点,也是佛门与俗世的分界点。往里,佛门净地;往外,闹市红尘。

贤友说:"咱们把大佛禅院里里外外都看了,天色还早,要不要再去清音阁转转?在山间虽然两次路过那里,我还没好好看看呢。"

清音阁下,有座传说中的"峨眉山下桥"。此行如果遗漏了这里,对我而言,也是一个遗憾。

戒嗔摇了摇头:"看来你们是不累。你们去吧,我只想回去睡觉。"

"三人组合,哪能少了你啊?"贤友拍了拍戒嗔的肩。

戒嗔说:"我这个人做事吧,不想为难自己,也不想为难别人。"

成年人的世界里有个"潜规则":如果对方未置可否,其实就是拒绝。贤友听了戒嗔这话,也没再说什么。

雨虽停了,但天色阴霾,不知道山中会不会下雨。我提醒贤友:"要去清音阁,得带上伞吧?"

从"朝圣起点"往回走,众多的殿堂,沿中轴线依次排列:山门(孔雀明王殿)、弥勒殿、地藏殿、药师殿、文殊殿、观音殿、普贤殿、大雄宝殿……气势恢宏,一派大乘气象。

戒嗔忽然说:"我有个地方不明白,其他宗教有一个神、有座教堂就够了,佛教为什么要这么多殿堂、这么多菩萨?"

这个问题有水平。多年前,它也困惑过我。

我向一位饱学的法师请教。他告诉我,诸佛菩萨是学佛者的亲友团,智慧的文殊菩萨、慈悲的观音菩萨、欢喜的弥勒菩萨、大愿的地藏菩萨、执行力超强的普贤菩萨……都是你的咨询顾问。怎么向他们求助呢?你不妨设想一下,面对同样的问题,文殊菩萨会怎么做?普贤菩萨会怎么做?……思路或许就悄然出现了!

戒嗔听了,脸上有了笑意,说:"菩萨是学佛者的亲友团,这个比喻好。"

眼前的观音殿，让人想起禅院的前身——明代的大佛寺。

峨眉山有"先有观音像，后有大佛寺"之说。万历年间，无穷禅师化缘募造了一尊高达十二米的千手千眼观音铜像，寺院随之而起。慈圣皇太后为寺院赐名"大佛寺"。

日本侵华战争期间，国民政府西迁，北京故宫的部分文物曾运至大佛寺保存。后来，观音铜像在举国"大炼钢铁"的热潮中化为乌有，寺院也荡然无存。

时光的车轮缓缓转动。2008年12月，异地重建的大佛禅院拔地而起，高大巍峨的千手千眼观音造像矗立在观音殿中。

这尊由乌木雕成的观音像，高十六米，是世界上最大的乌木佛教造像；菩萨一体四面，千手千眼，人在殿中绕行，走到哪儿，抬头都能望见菩萨低垂的眼睑。

要说起来，观音菩萨与中国人因缘很深。隋唐时，长安一度"家家阿弥陀，户户观世音"，人们视弥陀为慈父、观音为慈母，心有依怙，岁月静好，现世安稳。不像现在，人一得意就满嘴"老子"，一失意就"哭爹喊娘"。

观音殿后，是造型奇特的普贤殿。峨眉山是普贤菩萨道场，禅院中的普贤殿与众不同，是用花岗岩建造而成的。远望普贤殿，就像菩萨头戴的"宝冠"。

据说构思这座殿堂时，设计师凝望普贤菩萨像，目光注视着菩萨的宝冠，忽然有了想法……于是，普贤殿就建成了放大版的菩萨"宝冠"。

上午在普贤殿内，贤友悄悄问我："这尊菩萨是准备上山，还是刚从山上下来？"

我摇了摇头："不知道。"

"观音菩萨的宝冠上只有一尊佛，为什么普贤菩萨的宝冠上有五尊佛？"

这个，我略知一二。佛门造像是有讲究的。唐代不空法师翻译的《菩提心论》讲到，佛的五种智慧化现为五方五佛：中间是大日如来，东方是阿閦佛，南方是宝生佛，西方是阿弥陀佛，北方是不空成就佛。观音菩萨是阿弥陀佛的胁侍菩萨，因此观音宝冠上只有阿弥陀佛；普贤菩萨的行愿是代表五方五佛的，所以普贤的宝冠上要有五尊佛。

回到住处，贤友拿了伞就出去联系出租车了。我换上冲锋衣，又问戒嗔："真不同去吗？"戒嗔已经躺进被窝里，他懒洋洋地说："麻烦你出门时帮我关上灯吧。"

貳

金顶望云

01　一块石头要想与众不同

什么是有缘？有时是刚刚好，有时是早到一会儿，或者晚走一会儿。比如说，刚好写到峨眉山金顶，昔日同行的戒嗔，就打来了电话："师兄，你还记得我在金顶捡过一块石头吧？"

他一提，我立刻想起那回事。戒嗔捡到的是块玛尼石。当时，他满脸欢喜，像个得到奖品的孩子。

那块玛尼石，是块鹅卵石，刚好能盈盈在握，上面镌刻着藏文"唵嘛呢呗咪吽"。六个字母，漆了不同的颜色；整体看，红黄绿白，错落美观。

一块石头要想与众不同，就成为佛法的承载物吧。

在藏传佛教地区，人们喜欢出钱请匠人把佛经经文、咒语或者佛菩萨造像雕刻到石头上。这些石头就是玛尼石。大的玛尼石，可能是一面山坡；小的玛尼石，就像戒嗔捡到的，可能是块鹅卵石。玛尼石堆在一起，就是玛尼堆。在藏人经常走过的地方，如路口、寺院、山顶，几乎都会有玛尼堆。

据说，哪里有玛尼石，哪里就有吉祥。人看见、触摸或者路过玛尼堆，解脱的种子就已悄然在心中种下。还有一种说法：玛尼石上吹

因果是世间客观运行的规律,佛陀是发现者,不是管理者。因果的运作规律是"自作自受""已作不失,未作不得"。

过的风、流过的水,甚至落过的灰尘,接触到人也能带去解脱。甚至玛尼石碎成粉末,依然能利益众生。

这块玛尼石,给戒嗔带来了欢喜,让贤友心生羡慕,我半真半假地说:"戒嗔,把它作为朝山的礼物送给我如何?"

戒嗔坚定地摇了摇头,把玛尼石紧紧握在手中。"能捡到它,是普贤菩萨眷顾我呢!你怎么能夺人所爱呢?"

这段旧事,戒嗔不提,我都忘记了。戒嗔后面的话,是有关这块玛尼石的更多的故事。

"前两天,一个人告诉我,别人发心制作玛尼石,是给自己或家人祈福的,不能捡走。捡走它,就等于改变了别人的心愿。那个人还说,我这两年诸事不顺,都是因为捡回了这块玛尼石。我听了,心里有些发慌。师兄,你认识的高人多,帮我问问,有没有这回事?"

我想,这个问题,作家顾野生应该有答案。

十年前,还是小姑娘的顾野生,不顾家人反对,背起吉他,坐了五十多个小时的火车,从广东去了西藏的墨脱,在一所乡下小学做音乐老师。

西藏对于顾野生,不是一帧帧天空很蓝、雪山很白、经幡飘扬的照片,而是支撑着寻常生活的一个个细节:是门巴族酿造的黄酒,是与藏民一起度过的燃灯节,是日常起居中琐碎的饮食男女,是心怀虔诚的磕头转山……

顾野生告诉我:"玛尼石是不能捡走的。最好送回去。"

每块玛尼石都有它出现于世间的因缘。即便小小的一块,也寄托着他人的心愿,或者经年累月受人膜拜,有了灵性。未经发心者同意,捡走玛尼石,属于不告而取,也就是偷窃。偷窃是不善的行为,当然会带来恶果。

"一块石头都有因果啊！"戒嗔说，"那你讲讲，因果到底是怎么回事？"

"因缘果报"简称"因果"。简单说，因果就是"种瓜得瓜，种豆得豆"。善念善行，是幸福的种子；恶念恶行，是痛苦的种子。佛陀说，人行善（做利他的事）或者作恶（做损人的事），都在播种自己的未来。"种子"成熟时，就会结出"果报"。

"佛陀负责管理因果吗？"

因果是世间客观运行的规律，佛陀是发现者，不是管理者。因果的运作规律是"自作自受""已作不失，未作不得"，简单讲，就是"好人好自己，坏人坏自己"。

"因果能改变吗？"

因果具有连贯性、纵深性，贯穿着过去、现在和未来。但从恶因到恶果，有一段时空距离；在这段时空里，管理好自己的心念，存善心，说善话，做善事，结善缘，进而真诚忏悔、积极改错，可以改变恶业结聚。

"戒嗔，找个时间把那块玛尼石送回去吧。"

电话那端，传来戒嗔一声长叹："我也想啊。可它现在不在我手里！"

从峨眉山回到家中，戒嗔和朋友聊起峨眉见闻时，提及在金顶捡到玛尼石的事。朋友说他编故事。戒嗔当即拿出玛尼石。朋友拿在手里，左看右看，最终舍不得还给他了。

"找他要回来呢？"

"找不到他了。这两年，市场环境不景气，经营不顺利，银行抽贷抽得他支撑不住，跑路了。没人知道他现在在哪里。"

"实在找不到那一块，就网购几块，送回金顶去吧。"

戒嗔信心不足，他问我："送回去，以后就能没有烦恼了吗？"

这个，我也保证不了。我对戒嗔转述了几句话："善人视因果为朋友，智人视因果为龟鉴（镜子），愚人视因果为法官，恶人视因果为仇敌。"信或者不信，因果都在世间，不造者不受。

"戒嗔，目前最该做的，是先把玛尼石送回去；以后有没有烦恼，以后再说！不送回去，难道就没有烦恼吗？"

天晴的时候，站在山脚下的大佛禅院，可以遥望到高耸的金顶，但是无法看清上山的道路。如果想到金顶去，那就像美国黑人民权领袖、1964年度诺贝尔和平奖的获得者马丁·路德·金说的那样，"迈出第一步吧，即使你无法看全整座楼梯"。

02　金顶望云

花开两朵，各表一枝。玛尼石与因果的事暂且放下，继续往金顶爬。

从山下来金顶，可步行，可乘车。我们先乘车到雷洞坪，然后步行，走到接引殿索道站，又改乘索道。

从雷洞坪到接引殿索道站，这段山路保留着雨的痕迹，石板湿漉漉的。我提醒贤友、戒嗔："别急着走，照顾好脚下。"

山路两侧，树木高耸，树枝间收藏着一些零星的雨滴。这个秘密，只有风知道。山路上，人多起来，风开始淘气地努起嘴唇，轻轻一吹。朝山的人以为下雨了，赶紧拿出雨具。

山下云层稀薄，阳光浅浅微笑着。上山路上，云层渐厚，红彤彤的太阳变成了亮白的圆盘子。走到接引殿时，头顶上浓云密布，天空像蒙着面纱的修女，一脸肃穆。山峦间，近处是雾，远望是云。山间飘来一团浓雾，我伸手一抓，掌心湿漉漉的。

索道站外排着长队，我们随着人群慢慢向前挪动。

昨天，在峨眉山佛教协会拜访宏开法师时，会客室的一张照片吸引了我。照片定格了一个奇幻的瞬间。黄昏时分，湛蓝的天宇下，落日镕

作家沈从文说:"我走过无数的桥,看过无数的云……"人在一生中,会遇到多少朵云?恐怕没有谁认真数过。

金,把横空出世的金顶涂抹成金黄色;金顶上空,有一道横向伸展的白云,如同一条洁白的哈达被人捧起……

走出金顶索道站,眼前不是响蓝的天空,而是连绵的云海。山高处,风很大,云团翻卷。不远处的金顶寺院群——卧云禅院、十方普贤菩萨铜像、华藏寺,时隐时现。

山坡上站满了树,绿草丛中散落着叫不上名字的山花。高高低低的树木挺拔肃立,虔敬如来寺院参加法会的信众。山路时高时低,起伏曲折。走着走着,左侧出现了一块地标石:金顶3079米。

整个地标石,就如一只鸽子展翅欲飞。细看说明,原来这就是珙桐花的模样。在植物的大家族里,作为地球上经历冰川纪后的孑遗植物,珙桐树有"活化石"之称,是峨眉山的稀有树种之一。当地人把珙桐树称作"鸽子树"。进入花期时,珙桐树的枝丫间像栖息了一群白鸽子。

来朝山的人,未必了解珙桐树,但都知道"峨眉四大奇观":日出、云海、佛光、圣灯。造化钟神秀。这四大奇观,都集中在金顶。难怪有"不上金顶,等于没来峨眉"之说。

我们登上金顶,时近中午。此刻天阴欲雨,看来跟日出、佛光、圣灯是无缘了。德国诗人马格努斯·恩岑斯贝格在《云的历史》中写道:"感到压力、悲伤、嫉妒、抑郁时,看云是个好建议。"好,就在金顶好好地望云吧。

如果不了解云,会认为云只有一种。在气象学家眼里,云却是一个大家族,有雾、层云、卷云、积云,还有高积云、高层云、卷层云、卷积云、雨层云、积雨云……这些不同性格的云,都喜欢在海拔三千米的金顶高处游荡,一时气象万千。

层云涌动如海潮,连绵的群峰瞬间变成了一座座的孤岛;过了一会儿,一抹闲云给远处的山峰围上了一条浅灰的围巾;忽然,峰峦间静止的云势如流瀑，倾泻而下；远处有一层积叠的乌云，就像大画家黄宾虹在画案上挥毫落墨，漆黑一团，浓得化不开；更远处，云海之中耸立起一座云峰，欲与群山争高竞秀……

作家沈从文说："我走过无数的桥，看过无数的云……"人在一生中，会遇到多少朵云？恐怕没有谁认真数过。头顶上的云，总有一朵是特意为你飘来的；只是她不肯提醒你，而你却视若无睹。想一想，真是辜负。

此刻，山壁立万仞，云虚渺缠绵，一刚一柔，相会于金顶。云飘来飘去，山如如不动，像不像禅诗中说的"青山元不动，白云任去来"？望云的人，看着云朵生起、消退，是否想到了"诸行无常"？云在金顶，是主动飘逸，还是被风吹动？望云时观照自己的心，是否感受到什么是"不为物惑"？

金顶的云，如雾似雨，我们走了一会儿，衣服湿漉漉的。露天地里走着，随风而来阵阵寒意。"真是高处不胜寒。"戒嗔冻得嘴唇发青，"赶紧找个地方喝杯热茶吧，否则要感冒的！"

我们跑进十方普贤铜像北侧的卧云禅院。身材高大、浓眉大眼的永灯法师不但给了热茶，还让人给我们拿来三件棉大衣。

永灯法师在金顶住了五六年。聊到"峨眉四大奇观"，他说："云海倒是经常能见到，日出偶然能见到，佛光有时能见到。"他沉吟了一下，"大概是我福报还不够吧，圣灯是一直没见过。"

贤友说："卧云庵，卧云这两个字，好有诗意啊。"

法师爽朗地笑起来："你说的是诗歌的诗，我感受到的是潮湿的湿。这里一年四季云雾缭绕，能晒晒太阳，都是很奢侈的事。叫卧云禅院，还不是因为山崖下的云不时升起来，把禅院遮掩起来了吗？"

戒嗔喝下一杯热茶,他拿起暖水瓶,为大家续杯。

法师说:"卧云禅院有好几个名字,过去叫卧云庵。历史上,殿顶上铺过松树皮,也叫树皮庵;清朝时用锡瓦铺顶,又叫银顶。"

与法师茶聚期间,在禅院天井中游逸的一团云雾向我们这边探了探头,又退了回去。这情景,就像北宋禅僧显万诗中所写的那样:"万松岭上一间屋,老僧半间云半间。三更云去作行雨,回头方羡老僧闲。"

山高处,苍翠的林海中藏着一座小茅棚。远离尘寰的老僧,山居禅修,终日相伴的是山中的白云。昨晚一场劲风,把白云吹去降雨了。此时回望茅棚中坐禅的老僧,白云羡慕他才是真正清闲的"无事贵人"!

这首山居诗是不是在金顶写的呢?永灯法师笑着说"不知道"。显万虽然是湖南永州人,他或许也行脚来过峨眉金顶吧!

"在家修行也能成为菩萨吧?"戒嗔暖过身子,问题也来了。

永灯法师说:"佛门四大菩萨:观音、文殊、普贤、地藏,只有地藏菩萨示现僧相,其他三位都是在家人的形相啊。"

"可不可以这样理解:在家人好好修能成为菩萨,出家人好好修能够成佛呢?"贤友插了一句。

法师意味深长地说:"无论在家还是出家,只要好好修,都能成佛。成佛是远期目标,做菩萨是近期目标,当下一个台阶一个台阶往上走最重要。"

金顶的云、法师的话,让我想到《华严经》所说的"法云地"。

菩萨的修行分为"十地"。这里的"地",如同台阶。这十个台阶是:欢喜地(于一切时一切处,生欢喜心)、离垢地(不再沾染欲望的尘垢)、发光地(勤于禅修,焕发出自性光明)、焰慧地(光明更大,既照亮自己,也照亮他人)、极难胜地(能深入禅波罗蜜)、现前地(了悟因缘，在生活中保持觉照，活在当下）、远行地（心地光明远及他方）、不动地（行无为法，心如如不动）、善慧地（以善巧方便教化众生）、法云地（菩萨的修行如慈云广大，福佑一切众生）。

拾级而上，菩萨的心越来越柔软、谦下、欢喜、随顺、清净、和善、润泽、寂静、不动、广大、坚定、明亮、平等……智慧随之增长、深广、无边、圆满、究竟、不可思议……

当菩萨踏上法云地后，再向前一步，就觉悟成佛了。

03　照破内心的黑暗

在十方普贤铜像附近，我看到一张题为"峨眉圣灯"的照片。永灯法师认真地看了看，他摇了摇头："这张照片里的圣灯，应该是山下峨眉山市的灯火。"

法师无意的一句话，让我怦然心动。噢，或许真是这样，传说中普贤菩萨的圣灯，早已融入人间的万家灯火。

普贤菩萨有很多名字，其中一个叫"遍吉"。遍吉，就是遍吉祥；就是说，有菩萨在的地方，处处吉祥。也可以说，无论是谁，只要你心中有普贤菩萨，走到哪里都吉祥。

我决定在金顶供一盏灯。

贤友问："为什么要供灯？"

佛陀，这位"最初成就菩提者"，在《普贤行愿品》中被喻为"十方所有世间灯"。

对"世间灯"这个比喻，南怀瑾先生在《一个学佛者的基本信念——华严经普贤行愿品讲记》中说："世间灯为人天众生眼目、给人智慧光明的明师。他们明澈的心灯，照亮了世间的黑暗。故良师益友，就是世间灯。一个有智慧的人，可以传佛的心灯，不使灭绝。但世间灯

燃灯的目的是焕发光明。不管是酥灯、油灯、蜡烛,还是电灯,显现光明的方式虽然不同,目的却只有一个。

不只是指传佛法的,凡是有用的学问,抱持着益世与服务之心的,都是世间灯。"

诸佛菩萨,"于暗夜中,为作光明"。供在佛前的灯,虽然不说话,但它的光能照亮;灯的光明代表着觉醒者的智慧与慈悲——照亮自己是智慧,照亮他人是慈悲。佛前的灯,不仅照亮人的眼睛,还能帮助人照破内心的黑暗。

贤友说:"噢,我也供一盏吧。"

双手捧起一盏灯,掌心之间,多了一片光明海。

细想起来,我了解佛前供灯的意义,已经有二十年了。

在禅宗祖庭河北赵县柏林禅寺,我参加了"生活禅夏令营"。在传灯法会的当晚,一百多位营员每人捧一盏灯,依次走向赵州禅师塔。一盏盏灯放在一起,勾勒成一尊散发光明的佛。夜色深处,微风轻拂,灯火点点,佛光璀璨。

生活禅大师净慧长老说,灯代表着佛法的智慧,智慧的光明能照破愚昧的黑暗。传灯是佛法弘传的一个象征。佛教灯灯相续,就像两千五百多年来,祖师大德一代接一代地将佛陀的智慧和慈悲传递到大众的心中。

此刻,手捧着这盏灯,我缓缓走向十方普贤菩萨铜像。

我默诵着《供灯偈》:"稀有光明此灯烛,普献一切如来前……"愿双手捧起的是三千大千世界,愿灯芯高大如峨眉山,愿灯油广阔如海洋,愿般若之灯在诸佛面前点燃,愿灯光照破一切有情的无明黑暗,愿众生能够看见庄严的诸佛菩萨净土……

贤友问:"同是供灯,在这里供和在家里供,意义一样吗?"

供灯的功德,在于发心。无论在金顶,还是在家里,在佛前供灯,心怀恭敬，功德是一样的。但是在寺院里供灯，福报可能会大一点。

"为什么这样？"

这样说，是从利他的范围讲的。同一盏灯，供在家里佛前，看到光明的不过是家里几个人；在寺院里，能让更多的人看到。

贤友恍然大悟地"噢"了一声。

我补充说："供灯时，你可以想象这盏灯的光明遍满了整个虚空，点燃在所有的佛前，同时也照亮了所有众生的眼睛……无论在家里还是在寺院，供灯时都可以观想。"

贤友问："既然能观想，供一盏和供多盏，有区别吗？"

他这一问，让我联想到在柏林禅寺参加"一日沙门"活动时的一个细节。"一日沙门"，就是短期出家做二十四小时的沙弥；然后，舍戒还俗。那一天，净慧长老领着我们到寺院外化缘，有人供养一元，有人供养百元、千元……长老说："钱数虽然不同，大家的发心都是一样的。"

长老还说："大家供养三宝的钱，即便是一分一角，拿在手里都沉甸甸的。不好好修行，都是辜负。"

虽然答非所问，但这弦外之音，贤友听明白了。

"供灯有很多功德吧？"

说来也巧，一抬头，答案就写在旁边的宣传栏上。

佛前供灯有十种功德：一是"照世如灯"，供灯者如同世间的明灯，以智慧照亮整个世界；二是"肉眼不坏"，供灯者的眼睛非常明亮，不会变成盲人；三是"善恶智能"，供灯者能智慧辨别善恶；四是"灭除大暗"，供灯能帮助人消除愚痴黑暗；五是"得智能明"，供灯能获得超群的智慧；六是"不在暗处"，供灯者常居光明中，因此能远离邪见或黑暗；其他还有"得于天眼""具大福报""命终生天""速证涅槃"等。

供灯的功德，其实不止这十个。在《施灯功德经》中，佛陀告诉十大弟子中"智慧第一"的舍利弗:"彼施灯者所得福聚无量无边,不可算数,唯有如来乃能了知。"

贤友听得津津有味,满脸欢喜。

"如果参考《金刚经》的说法,供灯时心无所求,功德更不可思议!"

贤友说:"我还有个疑问,酥油灯、蜡烛都有明火,在家里用会有隐患。我能用电灯供佛吗?"

在佛陀生活的时代,古印度是没有电灯的。因此说到供灯时,佛经中只讲到了酥灯、油灯、香油灯等。燃灯的目的是焕发光明。不管是酥灯、油灯、蜡烛,还是电灯,显现光明的方式虽然不同,目的却只有一个。

说到灯,禅门还有个故事。

有位老禅师想勘验一下自己的三个徒弟哪个更有智慧,于是给了他们每人十两银子,让他们去市场上买东西回来填满一个空房间。

大徒弟认为体积大、重量轻的首属棉花。于是买了十两银子的棉花,结果房间只填了一半。

二徒弟觉得又占地方又便宜的是稻草。他买回的稻草,只填满了房间的三分之二。

轮到小徒弟了。大师兄、二师兄和老禅师都等着看他怎么做。

小徒弟到市场上转了一圈,空着手回来了。两位师兄感到奇怪,禅师却暗暗点头。

天黑了,小徒弟请师父、两个师兄走进空房间。房间里漆黑一片。

小徒弟从怀里取出一根蜡烛,点燃了。顿时,光明填满了房间的各个角落。

这个故事，和佛门"千年暗室，一灯照破"之说，意趣相同。

人的心就像一间千年甚至万年未见光明的铁屋子。如果点亮一盏灯，屋子里积攒了千年万年的黑暗，就一下子都消失了。

为什么"一灯能破万年愚"？人有烦恼，是因为内心无明（没有智慧的光明）；如果愿意借用佛陀的智慧点亮自己的心灯，无明烦恼怎会不消失呢？

我告诉贤友，净慧长老提出的"生活禅"，对于我，就是这样一盏明灯。

04 佛之长子

一阵风,满天云雾消退得干干净净。

十方普贤铜像完整显露金身。放眼望去,金顶西南方,有一座更高的山峰,山高处隐约可见一幢楼阁。永灯法师说:"那是万佛顶,那里是峨眉山最高处,海拔3099米。"

云雾消退,在十方普贤铜像附近,看到许多头象。当然,不是悠然踱步的象,是一座座象的雕塑。朝拜大道台阶两侧,象群相向而立,左侧的背负法轮,长长的鼻子垂向地面;右侧的背负如意,鼻子向前伸展着。

象背上驮着的法轮、如意,让我想起家里有一盏"象灯"。数年前,禅友明鸿从拉萨回到北京时,送我一件小礼物:一只大象驮灯的铜灯台。

佛经中有"龙象"这个词。龙,是水中力量最大的动物;象,是陆地上力量最大的动物。佛门用"龙象"比喻菩萨有大力大能。

在《优婆塞戒经》"三种菩提品"中,佛陀讲:"如恒河,三兽俱渡,兔、马、香象。兔不至底,浮水而过;马或至底,或不至底;象则尽底。"经中渡河的兔、马、象,比喻不同的人对佛法的领悟有深有浅。

发上等愿,结中等缘,享下等福;择高处立,就平处坐,向宽处行。

领悟浅的,像兔子浮在水面上游过去;领悟得再深一些,像马身子浮沉在水中;领悟最深的,就像大象那样一步步脚踩河底,截流而过。

象与灯的组合,耐人寻味。象体积大、重量大、力量大、承载能力强,如《维摩诘经》所说"龙象蹴踏,非驴所堪",牛马无法与之相比。灯能照破无明。大象驮灯,仿佛在告诉佛法般若之灯像大象一样有力。

十方普贤像的须弥座上,站着四头体形庞大的象,它们的身体融为一体,象头分别朝向东南西北。象背上一朵巨大的莲花,普贤菩萨端坐其上。菩萨有十个头,每张脸都"饱满如圆月"。菩萨的头像分为三层:一层四个,面向东西南北;二层四个,面向东南、西南、东北、西北;最高层两个,面向东西。

面向十方的普贤菩萨,代表着《普贤行愿品》提到的"十大行愿":"尔时,普贤菩萨摩诃萨告诸菩萨及善财言:如来功德,假使十方一切诸佛,经不可说不可说佛刹极微尘数劫,相续演说不可穷尽,若欲成就此功德门,应修十种广大行愿。何等为十?一者礼敬诸佛,二者称赞如来,三者广修供养,四者忏悔业障,五者随喜功德,六者请转法轮,七者请佛住世,八者常随佛学,九者恒顺众生,十者普皆回向。"

戒嗔绕着看了一圈:"菩萨这十个面孔都一样啊!"永灯法师听了一笑:"你看得不仔细!每张面孔各不相同。"

第一层的四张面孔,朝西的是普贤菩萨,朝东的是阿弥陀佛,朝南的是僧相,朝北的是金刚萨埵。在佛教密宗中,普贤菩萨又被称作"金刚萨埵"或"金刚手菩萨"。

第二层的四张面孔,朝西南的是弥勒菩萨,朝西北的是阿难尊者,朝东北的是迦叶尊者,朝东南的是善财童子。"仔细看,示现善财童子脸上,还有两个深深的大酒窝呢!"戒嗔顺着法师的手指望去,佩服地

"哦"了一声。

第三层两张面孔，朝西的是唐代浙江天台山国清寺拾得和尚，朝东的是释迦牟尼佛。传说唐代在浙江天台山修行的寒山、拾得是菩萨化身，寒山是文殊菩萨的化身，拾得是普贤菩萨的化身。

贤友不解地问："普贤菩萨的头像为什么分为上中下三层呢？"

据说香港华人首富李嘉诚先生的书房里有副对联，文字出自清代名臣左宗棠之手，联文为："发上等愿，结中等缘，享下等福；择高处立，就平处坐，向宽处行。"这副对联，据说是李嘉诚为人处世的准则。

当然，这二十四个字，也可为参禅学佛者作参考。发上等愿，就是发菩提心；择高处立，就是高处着眼；结中等缘，是保持平常心；就平处坐，是脚踏实地；享下等福，是勤俭惜福；向宽处行，是宽以待人。

我沉浸在自己的心事里，越想越觉得这"上中下、高平宽"意味深长。永灯法师是怎么回答贤友的，我没有听到。

面向朝拜大道的普贤菩萨左足下垂，足踏莲花，右腿自在地盘坐在莲座上；他双手正举起一柄如意，像在把幸福递给每一个走来的人。

十方普贤造像通高四十八米。永灯法师说："这个高度，也代表着阿弥陀佛的四十八个愿望。"

在《佛说无量寿经》里，释迦佛说，西方净土世界的阿弥陀佛，在成佛之前，曾经做过某国的国王。在听闻佛法后，他弃王位出家为僧，法号法藏。法藏比丘向当时的如来请教如何建立自己的净土。如来向法藏比丘介绍了诸佛净土的殊胜，还让他目睹了诸佛净土的庄严。法藏比丘在如来座前发下四十八条大愿，并依据愿力建立了西方净土世界。

佛门有"普贤行愿，导归极乐"之说。因此，作为净土宗核心经典的"净土五经"中，就有《普贤行愿品》。

绕行普贤铜像时，我看到了须弥座上有两处门。原来在铜像基座里还藏着一座庄严的大殿，殿中供奉着阿弥陀佛。

进殿礼佛时，贤友问："怎样区分佛像和菩萨像呢？"

我随口说："满身璎珞的是菩萨，不戴璎珞的是佛。"

"佛为什么不戴璎络呢？"

"因为佛已经不再有任何的执着。"

十方普贤铜像的东面，是华藏寺。华藏寺后面的高处，就是金顶铜殿。

戒嗔紧跟在我后边，踏上通往金顶的台阶。贤友仍着迷地站在十方普贤像前，仰头端详着。走上几个台阶，我停下来，把手伸向戒嗔。"能不能把你的宝贝给我看看？"

戒嗔手心里一直紧握着那块玛尼石。听我这么说，他有些犹豫。最终，他还是把手伸了过来。

这块玛尼石热乎乎的，带着戒嗔的体温。

走到金顶平台时，贤友也追了上来，他气喘吁吁地说："你刚才说到'一切如来有长子，彼名号曰普贤尊'。我想了想，好像不太对。佛经中讲，释迦佛只有罗睺罗这一个儿子啊！怎么能说是普贤菩萨是'佛之长子'呢？"

"如来长子"之说，是依世间法而说的方便语，但不是世间所说的那层意思。"如来长子"只是一个譬喻，并且也并非只指普贤菩萨。如《楞严经》中讲，舍利弗"得大无畏，成阿罗汉，为佛长子"，同时也提到普贤菩萨曾做过十方诸佛的法王子，十方诸佛在教导菩萨们修行时都以普贤为榜样。

类似的比喻，在佛经中有很多。比如佛陀称赞《金刚经》是"第一希有难信之法",也称赞《法华经》是"众经之王",在讲《楞严经》时,说"此经在世,则佛法不灭"……再如佛陀的十大弟子:舍利弗是"智慧第一",阿难是"多闻第一",迦叶是"苦行第一",优波离是"持戒第一",须菩提是"解空第一"……在佛陀眼里,他们都是第一,没有第二第三。

05 寺院起火时，护法在哪里？

站在金顶铜殿外，贤友回头看着十方普贤铜像。"在下面仰着头看，觉得菩萨造像巍峨如山。在这儿看，高虽然高，却没有了巍峨感。"

十方普贤菩萨造像的高度没有改变，贤友的感觉为什么会发生变化呢？

认识一个人的过程，跟认识一座山是相似的。远望山巅，眼里充满崇敬；上山途中，从大局观到细微处，在深入了解的过程中，人关注的是更多的细枝末节；到达山顶，你也许会看到远处还有更高的山……当原本仰望的山不再伟岸，内心中的崇敬感也随之消失，人进而会失望甚至抱怨……

如果不站在山顶上，你能看到远处那座更高的山吗？对脚下的山充满感恩吧，它不仅提升了你的高度，还开阔了你的视野。

贤友的话题，让我想到《大智度论》中的应持菩萨。释迦佛在鹿野苑讲说佛法时，应持菩萨从他方世界来到娑婆世界。他此行的任务，就是测量释迦佛身有多高。释迦佛身高几许？佛经中没有明确的记载，我们暂且假设他身高两米吧。可是，应持菩萨在测量佛身时却惊奇地发现，释迦佛的身高广大无边、虚空无量，佛身也无量。他发自内心地赞叹说："虚空无有边，佛功德亦尔。设欲量佛身，唐劳不能尽。"

在我们凡人眼里，佛的身躯和你我一样，不过尔尔。为什么在应持

佛教不是经常讲龙天护法吗？为什么铜殿自明朝建好后，多次遭遇火灾呢？寺院起火时，那些龙天护法为什么不前来护佑？他们都去哪儿啦？

菩萨眼里，佛的身躯那样高大呢？波兰女诗人辛波斯卡说："万物静默如谜。"这个谜底，就在我们的心底。

佛的身躯广大无边，无法测量。身为菩萨的普贤，他的身躯有多高大？

据《华严经·卢舍那佛品》记述，普贤菩萨坐于宝莲花狮子座上，身相犹如虚空，为与众生普遍相应，他示现出各种化身。

在《华严经·十定品》中，佛陀讲说了普贤菩萨的殊胜功德后，法会上的其他菩萨都渴望见见普贤菩萨。然而，他们看不到普贤菩萨的身影。普眼菩萨代表众菩萨问："世尊！普贤菩萨在哪里？"佛陀说："从法会开始到现在，普贤菩萨一直在我身边啊。"

普眼菩萨说："为什么我们看不到他？"

佛陀说："普贤菩萨安住在不可思议的解脱境界中，无法和他的境界比肩，自然看不到。"

普眼菩萨与众菩萨虔敬地祈请普贤菩萨示现身相，他们双手合十，念诵"南无一切诸佛！南无普贤菩萨！"终于，普贤菩萨微笑着显现出身形……

善财童子"五十三参"的故事，记录在《华严经·入法界品》中。童子，指男性的少年儿童，有时民间也把没有性经验的男人统称为"童子"。

善财童子年纪虽小，却志向远大。在文殊菩萨的教导下，善财离开家乡福城，一路向南游学，寻求佛法真谛。他先后拜访了五十三位不同身份的善知识。这些善知识，有菩萨、僧人、国王、商人、船师、医生、婆罗门、魔术师……

善财童子见到普贤菩萨时，他神奇地发现，普贤菩萨的每个汗毛孔里，都有数之不尽的诸佛净土，每个净土中都有佛在讲法，无数菩萨围绕在佛前。善财童子还看见，普贤菩萨的身影出现在每个净土中，示现无数化身，教化众生，令众生觉醒……更不可思议的是，善财童子还在普贤菩萨的身相内看到了他自己，他正帮助普贤菩萨教化众生呢！

贤友听得入了迷，眼睛瞪得大大的。他问我："难道我们也和善财童子一样，正待在普贤菩萨的汗毛孔里吗？"

我没有直接回答他。不过，我告诉他，美国汉学家芮沃寿研究发现，佛教进入中国之初，"法界"（法的世界）就是被翻译成"法身"（法的身体）或者"佛身"（佛的身体）。这个发现，就记录在他的著作《中国历史中的佛教》中。

铜殿在金顶的最高处。最早的铜殿，建于明万历三十年（1602年），由妙峰禅师向西蜀藩王化缘建成。屋顶檐瓦鎏金，阳光之下金光闪闪，故名"金顶"。

最初的铜殿内，供奉着普贤骑象铜像，四周铜壁上刻有佛经和佛像万尊，还刻有《峨眉山道全图》。铜殿外，竖有铜塔和铜碑。到清代道光年间，铜殿失火被焚，只剩下一通铜碑、几扇铜门。

清光绪年间，心启和尚在金顶旧址建成一座砖殿。20世纪60年代，金顶砖殿里的佛像遭到破坏，殿堂建筑被征用，成为某单位的发电机房。1972年4月8日，又一场突发大火将寺院建筑及寺藏文物全部烧毁。

目前，矗立于群山之上的金顶铜殿，是2002年重建的。

站在外面看，金顶铜殿金光闪闪。走进殿内，光线陡然暗下来。贤友仔细地浏览着殿内陈列的遗存文物：佛像、铜碑、铜门等。

突然，贤友喊了我一声。我走过去，他指着一段说明文字问："佛教不是经常讲龙天护法吗？为什么铜殿自明朝建好后，多次遭遇火灾呢？你说，寺院起火时，那些龙天护法为什么不前来护佑？需要他们的时候,他们都去哪儿啦?"

法国小说家纪德在《人间食粮》里说:"关键是你的目光,而不是你的所见。"我很钦佩贤友能提出这样的问题。

贤友提出的这个问题,或许唐代的律宗大德道宣法师也曾被问及。

在道宣法师辑录的《中天竺舍卫国祇洹寺图经》中,他详尽地记录了佛陀及僧团常住过的祇园精舍毁于火灾的事。

祇园精舍,也叫祇树给孤独园,这是佛陀及僧团最早的常住地之一。在成为"佛的庭院"之前,这里原是舍卫国太子祇陀的私家园林。这片园林中有树林,有湖泊,给孤独长者觉得最适合供养给佛陀及僧团,便找到祇陀太子表达了购买的意愿。

祇陀太子笑着说:"我这片园林,恐怕你买不起。"

给孤独长者沉吟了一下,坚定地说:"你说说条件,我听听看!"

"如果你能用金币铺满园林中的空地,我们再说吧。"

祇陀太子没有想到,这么苛刻的条件,给孤独长者做到了。

给孤独长者的赤诚之心感动了祇陀太子,他主动出让了这座园林,并且将园林中的树林免费供养给佛陀。

祇陀太子说:"如果有一天这座园林荒废,愿这些树一直在。"

后来,祇园精舍失火,给孤独长者捐建的房屋全部被烧毁了。神奇的是,祇陀太子供养的树毫发无损。

有人问佛陀:"这些树为什么能安然无恙?"

佛陀说:"给孤独长者的原始资本并不清净,他的人生'第一桶金',是靠卖肉获得的。这些钱财的背后,隐藏着被宰杀众生的嗔恨之火。祇园精舍之所以毁于火,这就是其中的因果。祇陀太子的心地清净,财富来源也清净,因此,园林中的那些树得以幸免。"

贤友听完,若有所悟地点了点头,他说:"我明白了,因果是最好的护法。"

叁

睡去佛的隔壁

01　分别是智，平等是慧

在金顶大酒店美食林餐厅吃早餐。和昨晚一样，我点了一碗酸辣粉。戒嗔问："为什么不换个口味？只喜欢酸辣粉，就是执着！"

"你说是执着，我说是随缘。"

戒嗔摇了摇头："为自己辩解，更是执着。"

"喜欢跟执着是一回事吗？有就吃，是喜欢。没有呢？吃别的也一样，就是随缘。执着是越吃不到心里越想……"

"嘿，我逗你呢。你当真了，也是执着。"没想到，戒嗔也点了份酸辣粉。"我也给你捧个场。"

吃了两口，戒嗔不由得张大了嘴巴，他擦着额头上的汗："四川的辣椒真辣啊！我的嘴巴像起了火！"

戒嗔有些夸张。不过川味中的辣，确实坦率、直爽、强劲。

这地道的辣，让我想到一个人。"还记得宏开法师吗？"贤友、戒嗔点了点头。"今天一早，他发来一条短信。"

在峨眉山佛教协会拜访宏开法师时，他注视着我："看着很面熟啊。是不是以前见过？"我笑着摇摇头。听说我在写"中国佛教四大名山参访记"，下一本书要写普贤菩萨与峨眉山，法师意味深长地说："峨眉山

善与恶的知识就像连在一起的一对孪生子一样跳进世界里来了……就人类目前的情况说来,没有对恶的认知,又有什么智慧可作选择?

与普贤菩萨可不好写。"临别,我送给他一册《观音的秘密》。他随手翻看了几页,放在桌上。

早晨六点,手机嘀了一声,短信是宏开法师发来的。"这两天细读《观音的秘密》,写得真好。你以文学的方式弘扬佛法,功德无量。随喜你写峨眉山的大作早日问世。那天见面,我以为你们是来混饭吃的呢……"

戒嗔、贤友看着笑了起来。

来卧云禅院归还昨天的棉衣,顺便跟永灯法师话别。昨天来去匆匆,未细读禅院中的对联,偶然一瞥,发现大有禅意:"莫底篮儿盛皓月,无心碗子贮清风。"

永灯法师正和一位西装革履的中年男士说话,见我们走进来,他快步过来。那位男士也跟过来,他自称姓卓,是新加坡来的。

法师说,卓先生梦中见到 3079 这个数字,便买了相同号码的彩票;昨天,他在金顶看到这里海拔高度恰好是 3079 米,就缠着法师问他能不能中奖。

法师客客气气地对卓先生说:"能不能中奖,我真不知道。不过呢,我愿意祝福你中奖。你看,他们找我有事……"

卓先生用手理了理油光锃亮的头发,对法师一抱拳:"那好。我就不多打扰啦。"

听说我们准备步行下山,法师随喜赞叹:"走下去好!峨眉山的美,坐索道是看不到的。不过山上路滑,走路不要看景,看景不要走路。"他抬头看了看天色:"今天好像是要下雨,你们都有雨具吧?"

这时,来了几位香客站在门外。法师对我们合十道:"今天事情多,我就不送你们了。有缘再会,阿弥陀佛。"

走出禅院,贤友问:"咱们是不是也和菩萨道个别?"

站在普贤菩萨像前，我双手合十，抬头仰望。出现在我眼里的普贤菩萨，不是遥远的传说中的人物，而是现实生活中有智慧、有远见、有能力的人。他饱满的脸庞上，始终洋溢着温柔敦厚的笑容；他目光安详坚定，却不露锋芒。

《华严经》记载，善财童子最初见到普贤菩萨时，感觉"如来境界无有边际，普贤身相犹如虚空"。菩萨的心平等不二，在他眼里，每一个站在他眼前的人都是善财童子。

我把这一发现告诉贤友。贤友问："每个人都是善财童子？这就是不二吗？问题是'我是我，你是你'，咱们是客观的两个人。再说，世间也客观地存在着善恶美丑啊！"

是的，世间存在着是非、善恶、美丑……因此，人们喜欢把世界看作"二元"的，这种认知方法，世人叫作辩证，佛法称为分别。

17世纪，英国诗人弥尔顿对善与恶进行了一番思考后，总结道："在这个世界中，善与恶几乎是无法分开的。关于善的知识和关于恶的知识之间有着千丝万缕的联系和千万种难以识别的相似之处……善与恶的知识就像连在一起的一对孪生子一样跳进世界里来了……就人类目前的情况说来，没有对恶的认知，又有什么智慧可作选择？……在我们这个世界中，关于恶的认识与观察人类美德的构成是十分必要的，对于辨别错误肯定真理也是十分必要的。"

一个梵志问佛陀："天地间有善恶、美丑吗？"

佛陀回答："有。"

佛陀所说的"不二"，不是混淆是非、善恶、美丑，更不是让人装聋（不听）、如盲（不看）、作哑（不语），不是不分别，而是不执着于分别。

如《阿含经》中，佛陀这样教育他的儿子罗睺罗："在说话、做事时,首先要判断出什么是有益的,什么是无益的;在做出正确的判断后,以平等心对待眼前的人与事,继续做自己该做的。"

因此,"不二"绝不是"A=非A",而是"如实知见",首先以辨别事物的差异为认知的基础,但不把认知停留在辨别的状态中。

贤友说:"你这样说,我就明白了。以前我一直困惑:如果只提倡不分别,学佛的人又怎么知道什么是该做的,什么是不该做的呢?"

我告诉他,古代的译经大师之所以没有把"般若"译为"智慧",是有所考虑的。佛法中"般若",含有"分别、平等"两层意思。能分别,能辨析,是智;对是非、善恶等二元现象,心能够平等地对待,是慧;既有智,又有慧,才是"不二"。世间说的"智慧"侧重于聪明,跟佛陀所说的"般若"不是一回事;智慧是诚实的,聪明是狡猾的……

戒嗔听得不耐烦了:"该往山下走了吧?要不,边走边说可以吗?"

戒嗔说得对。我向他歉意一笑。临别之际,我恭恭敬敬地跪下来,顶礼普贤菩萨。我的额头碰到湿漉漉的地面;大地冰冷,我愿把这点儿温暖作为供养。

下山路上,平路少,台阶多。山上虽然杂树丛生,很少见到巨树参天,山坡上有几棵树将身子探向路面,经过的人不得不弯腰低头。

在峨眉山上行走,让人想到宗白华先生的《美学散步》。之前读这本书,这个书名困惑我好久:人可以散步,美学怎么散步?从金顶往下走,一路的所见,都是答案。

满山的云雾,满世界的寂静。山路曲折空寂,大清早只有我们三人。云雾深处传来淙淙流响,却不知道溪水在哪儿出没。溪声清泠如琴声,就像前人所概括的"溪山琴况"。一阵风吹过来,劲风摇撼松枝发出的声响,就像弹琴的人以手抚弦。

唐代的斫琴高手雷威擅长听风入松。传说遇到大风大雪天，雷威就跑到深山老林里听狂风撼树，他能从树木发出的声响来选择优质的琴材。宋代的苏东坡曾谈及"雷琴"的精妙，他说："声欲出而溢，徘徊不去，乃有余韵。"峨眉山上古木多。雷威寻访上佳琴材，应该经常来这里吧。

下山省劲，走得急，人身上微微出汗。路还远，我不想大汗淋漓，于是招呼贤友、戒嗔小坐休息。荒山野岭，乱石杂草，空气清新。我做深呼吸，试着把城市生活积存在肺腑里的雾霾之气置换出来。

不远处，山岭与流云正在缠绵，像山水画家伏案挥笔。天地间的空白，就像一张硕大的宣纸，着墨处是山，留白处是云，墨色点点，如云绕树，到处湿漉漉的。

台阶旁，有朵野花正在开放。娇小的花朵像刚睡醒的孩子，睁开眼睛，开心地笑着。因为是"美学散步"，我对它也报之以笑。戒嗔说："喜欢就采下来吧。"折断一枝花容易，让它重回枝头，我做不到。所以何必唐突一朵花呢？

贤友站起来，说："坐久了感觉凉。还是慢慢往下走吧。"

云淡处，天色转晴，今天或许会是好天气。下面的山路上，不时走来三三两两的朝圣者，与我们擦肩而过。同一条路，我们和他们却有上山下山的区别。有段山路狭窄，为方便上山者，我们侧身站在护栏边，让边走边喘的他们先过去。

一位戴眼镜的中年男士对我们点头示谢，并好奇地问："怎么这么早就下山啊？"

告诉他，我们昨晚夜宿金顶。这时，山谷中升起一大朵白云，与对面的青山相遇成趣，我提醒他回头看一下："云养青山，好美！"

他兀自向上走，淡然地说："没有工夫看云哟！脚下的路还看不过来呢！"说着，他一步接一步地走到更高处去了。

02　阿弥陀的心事

从金顶到接引殿,这段山路叫七里坡。山路在一片浓密的冷杉林中穿行。林密处空气潮湿,寒气袭人,不时有雨水从树枝间滴落到石阶上。我们如同走进了唐代诗人王维的诗境:"山路元无雨,空翠湿人衣。"

"没有下雨,怎么会有雨落下来呢?"戒嗔感觉好奇。

山高处,气温降低,雾气黏在树叶上。细小的水点渐渐攒成水滴,叶片挽留不住时,水滴就滑落下来。于是,空荡荡的山路上,多了淅沥的雨声。

七里坡上,有处"天门石"奇观。天门石原是一块横亘在山路中间的巨石。传说当年普贤菩萨骑象上山走到这里,牵象的护法菩萨看到巨石挡路,挥剑一劈,巨石顿时裂为两半。从此山路上就多了这条一米多宽、十多米长的过道。

"天开不二。"贤友念着石壁上镌刻的字,摇了摇头,"这过道也太窄了吧!菩萨骑着大象能从这儿挤过去吗?"

我没接话。他又问了一遍。

我笑着说:"菩萨都到金顶啦。你说他过没过去?"

说到修行,如果不以觉醒为目的,仅仅热衷于修行的形式——朝山、读经、念佛、坐禅、吃素、放生、供养……也同样是"梦中佛事"。

下山路拐了多少弯，数不清。看到接引殿索道站时，我们已经走过了七里坡。

清晨游客虽少，路旁摊铺却早早开了门。戒嗔停下来，盯着摆在摊铺上的玻璃盒。店主热情招徕："老板，大清早给我开个张吧。给你最低价。"

摊铺上的玻璃盒里，有数只枯叶蝶标本。枯叶蝶是峨眉山珍稀生物之一，它蝶衣间的褐色花纹酷似叶脉，蝶翅上零星的黑点好像叶片上的霉斑；双翅并拢时，就像树枝上的一片干枯的树叶。

《瓦尔登湖》的作者梭罗说："幸福就像一只蝴蝶，你越是追它，它就越是躲着你。如果你转移视线，也许它会轻轻地落到你的肩头。"如果打开这些标本盒，这十几只枯叶蝶会不会慢慢地扑扇着翅膀翩翩飞起，落到行人的肩头呢？

戒嗔选了一盒，和老板讨价还价。老板推荐了另外一盒，说："这个便宜。"戒嗔看了看，摇了摇头。我说："便宜的东西只有付款时是令人满意的。"他抬头对我一笑，坚定地买下了最初选的那个。

往前走，过了两个摊位，戒嗔又停下来："哎呀，这个是不是更好看？"

我推了推他的肩膀："看到好看的就眼馋吗？你手里的，不就是最好的吗？"

走过索道站，沿着曲折的山路去接引殿。戒嗔向我提了一个问题："人们把枯叶蝶制成标本，罪过大不大？"

"他们罪过不大，你罪过大。"

戒嗔困惑地说："是因为我买了枯叶蝶标本吗？"

我摇了摇头："不是。"戒嗔更不解了，他紧跟着问："为什么这样说？到底怎么回事？"

关于这个问题，禅门有个故事。

知云陪石头禅师在江边散步时，看到船夫为了渡客过江将泊在岸边的船推进水里。躲在船底的螃蟹虾螺被轧死在沙滩上，一片狼藉。知云看了，双手合十："阿弥陀佛。"

他问禅师："这些虾螺惨遭不幸，是乘客之过，还是船夫之过？"

"既非乘客之过，也非船夫之过。"

知云不解："怎么会都没有罪过呢？"

"因为这都是你的罪过！"

知云感觉禅师的话太不着边际了。

禅师说："船夫推船入水，是为了渡客过江；客人乘船过江，也不是为了轧死虾蟹。虾蟹虽死，船夫与乘客均无杀生之心。向来罪由心造，船夫无心，乘客无心，罪从何来？又要归到谁身上？一切都是因缘法，各有因缘。你却在这里横说是非，这不是罪过吗？"

知云沉默不语。

故事讲完了，戒嗔也默然不语。

走到接引殿时，山间云雾又浓起来。

民国年间，蜀中名僧圣钦法师住持接引殿时，文人墨客来峨眉山都喜欢住在这里。画家张大千数次来峨眉山写生，曾为接引殿留下不少书画佳作。然而，世事终究在无常、苦、空之中。20世纪50年代，一场火灾将接引殿殿堂僧寮及书画藏品一烧而空。

如今的接引殿，是近年重建的。俗称"接引殿"，实为"接引寺"。寺门口对联中有"梦中佛事"四字，贤友问我："梦中佛事？修行难道也是一场梦吗？"

人们看世间的一切都是真的。然而，在觉醒者眼里，这一切如梦如幻。说到修行，如果不以觉醒为目的，仅仅热衷于修行的形式——朝山、读经、念佛、坐禅、吃素、放生、供养……也同样是"梦中佛事"。当然做"梦中佛事"，会带来福报，不会带来噩梦。

"怎么判断是梦是醒呢？"

"看看脚上的鞋子，身上的衣服，你的眼镜、背包、拐杖……只要认为'这些是我的'，你就生活在梦中。"

"咱们来峨眉朝山呢？也是做着梦来的？"贤友更加不解。

"佛陀"意思是"觉醒的人"。在没有觉醒之前，人们沉迷于各自的欲望，都是生活在梦里。

"接引殿是为接引来朝山的人建的吗？"

为什么叫接引殿呢？因为大殿里供奉的是阿弥陀佛。《十往生经》记载，阿弥陀佛曾发下大愿："如有众生发愿往生西方净土，我就和二十五位菩萨前来接引。"

贤友抬头仔细观看殿中的佛像："是不是我看错了，这尊阿弥陀佛好像满怀心事，你看，他的眉头是微微皱着的！"

"阿弥陀佛当然有心事啊！他看到众生在各自的梦里、在欲望的苦海上漂泊、浮沉，看在眼里，疼在心里，他在想应该以怎样的方式把人们叫醒呢？"

佛门讲："如一众生未得度，我佛通宵有泪痕。"为帮助众生从梦中觉醒，佛菩萨哪个不是心事重重？就像一幅线描的《佛来迎图》所勾勒的，有位众生不肯去西方净土，阿弥陀佛和观音菩萨、大势至菩萨只好把绳子拴在他身上，观音菩萨在后面用力推，阿弥陀佛在前面用力拉，大势至菩萨在一旁耐心劝导……

03　痛苦是恶业的完成

香客越来越多，山路变得拥挤。人来人往，避让之间，我想到一位武术家讲过的故事。

当年，师父让他在夜晚走过无人的市集，又让他在白天从拥挤的人群中走过去，要求他不能碰触他人，也不能被他人碰触到。他练了三年，直到走在拥挤的人群中如入无人之境，师父才开始教他功夫。

从接引殿到雷洞坪这三里山路，我们虽然做不到如入无人之境，但尽量把心放在脚底。

这一段是猴区，靠近山谷的这一侧，不时有猴群出现。一只大猴子坐在栏杆上，朝来来往往的人伸手"化缘"。戒嗔把半瓶矿泉水扔过去，它灵巧地抓住，拧开盖子喝了一口。可能是对白水没兴趣吧，它又将之扔到地上。

看着地标上的雷洞坪三字，贤友问："雷洞坪？这个名字里好像是藏着不少故事啊！"

《峨眉山志》记载，雷洞坪一带有七十二洞，有雷龙居此。雷龙，就是雷神，在道教中势力强大，既司掌自然界的风雷雨电，又主管权衡人间的祸福，奖善罚恶。山间故老相传，人在雷洞坪不能高声喧哗，否

人生中的所有际遇，无论是痛苦还是快乐，都代表着业的完成。痛苦是恶业的完成，快乐是善业的完成。

则会招来雷雨。宋代时,这里建起一座雷神殿。明万历年间,清月禅师在殿外竖立了一通八尺高的禁声铁碑。

"真有那么灵验吗?我来试试。"说着,贤友抬高了嗓门。

戒嗔拉住他:"求你别喊了,要是真喊来大雨,又不是只淋你一个人!"

雷神殿年久失修,后来毁圮;禁声铁碑也下落不明。近年来,这里建起灵觉寺。寺中对联的上联"听霹雳一声,做事没将天怒犯",记录着有关雷神的传说;下联"焚香烟百拜,扪心可对世尊无",则劝人"诸恶莫作,众善奉行,自净其意"。

寺外山亭,叫雷神亭。据说雷洞坪一带是气候分界线;盛夏时节,山下浓云密布、雷雨大作之时,雷洞坪以上的高山地带往往天色晴朗,红日当空。身在雷神亭的人,凭栏俯视,岩崖下雷电闪耀,回望山高处,则丽日晴天,叹为奇观。

我们在灵觉寺里转了一圈,继续往洗象池走。这段山路,名叫连望坡。这是上山的人给起的。步行上山,走到这里,一坡接连一坡,好像望不到尽头。

山路旁开始陆续出现小食店,我留意了一下,店名都很雅致,有"白云",有"云亭",有"望月"……走到海蓉小食店,戒嗔问:"累不累?咱们在这里歇一下吧。"

正打闲的老板娘听了,马上接声打招呼:"老板,累了就坐一下呗。喝茶嘛,十元一杯;白开水免费。"

看着店墙上明码标价的菜单,顿觉饥肠辘辘。戒嗔说:"要不,在这里吃点饭?"说着,他做主点了几样菜。老板娘厨艺了得,一会儿工夫,四川泡菜、椿芽炒蛋、炒腊肉、腊香肠连同三碗白饭、一盆白菜汤，端上桌来。

一时风卷残云，三人狼吞虎咽。老板娘在一旁掐腰暗笑："哎哟，你们吃相太不雅了，慢慢吃嘛！米饭管饱的，不够可以再添，不加钱。"

贤友、戒嗔分别回了碗。我放下碗筷，问老板娘："你叫海蓉？"

她笑着抬起头，看了看小店招牌："海蓉就是杜鹃花。这一带，从雷洞坪到洗象池，是杜鹃花最多的地方。可惜是秋天啦，要是早点来，你们能看到满山的红杜鹃。"

山道上，走上来五位裹着绛红色僧袍的年轻喇嘛。他们也走累了，坐在海蓉小食店外的板凳上歇息。一位喇嘛盯着桌边的茶叶蛋看了好几眼。

我问："你们能吃茶叶蛋吗？"他点了点头。我请老板娘给他们一人捞一个。喇嘛们欢喜地接在手里，连说"扎西德勒"。

戒嗔说："你既然喜欢做好事，也给我来个吧。"我信以为真，他摆着手说："我已经吃好了，逗你玩的。"

在《雪域求法记——一个汉人喇嘛的口述史》里，作者讲到藏地喇嘛生活大多比较清苦，生活来源依靠家人供应。喇嘛们精进地学习经论，学二三十年，参加辩经，考取"格西"（藏传佛教的学衔），或者在寺院做执事，才有接受供养的资格，从而减轻家人负担。

贤友听后咂了一下嘴："噢，原来是这样啊！我以为藏地和汉地一样，僧人一出家就接受信众供养呢！"

离开海蓉小食店往下走，头顶上的云开始厚起来。路上，我们遇到一对小情侣。小伙子问："这里离雷洞坪还远吗？"

戒嗔说："再翻两个坡就到了。"

小伙子的女友一听，抱怨道："听到了吧？还要翻两个坡呢！你说你有多么固执，要是听我的，坐车上来多省力！"她气咻咻地说："我脚走疼了，你背我吧。"

小伙子赔着笑脸："我不是一直替你背着包吗？"

戒嗔说："我说翻两个坡，是想给你们鼓鼓劲。前面的路其实还远着呢。要不这样，你们跟我们一起下山吧！"

小伙子与女友面面相觑。

女人扭转头看了看下山的路，又抬起头看看上山的路，叹了口气："都走到这儿啦，让我往回走，我不干！"她把手伸向小伙子："来，你扶着我，咱们慢慢往上走吧。"

钱锺书在《围城》里写到，热恋中的情侣如果想预见未来的生活是什么样子，不妨婚前结伴旅行一下。旅行是一个人品格的试金石。一番舟车劳顿，彼此的性情会暴露无遗。长途跋涉之后，如果还能谈笑风生、相看两不厌，结成夫妻依然是灵魂相近的朋友。如果见到彼此疲惫的样子，还能包容，也一定能携手余生。如果在旅行中为一些琐事吵嘴翻脸，那就要冷静下来想想下一步啦。

永灯法师的预见没错！头顶上风云突变。云层就像一个人怒气冲冲，脸色铁青，强自隐忍，不知何时忍不住了就要一番霹雳。

我提醒说："天要下雨，咱们走快些吧。"

戒嗔嬉皮笑脸道："你若安好，便是晴天。怕什么？"

我暗自加快脚步，把他俩甩在身后。走了一段，戒嗔和贤友没追上来，雨追上来了。瓢泼大雨从天而降。这场雨，绝非宋词中的婉约派，它风格豪放。

噼里啪啦的雨斜打过来，雨披立马儿紧紧贴在身上。鞋子湿透了，膝盖以下裤子开始淌水。天地间挂起了一道道雨帘，眼前一片迷蒙。除了低头看路，哪儿也别张望了。满耳的雨声，满山的雨声，满世界的雨声。雨滴砸在山路上,溅起朵朵水花,一层薄烟。雨水在台阶上汇成小溪,又一个台阶一个台阶地漫流下去。

深一脚浅一脚地走着,我在心中默念着"唵,度宁度宁,迦度宁,莎诃"。据说雨天念诵这"观音菩萨甘露真言",满天的雨水就成为从观音菩萨净瓶里洒出的甘露,能把淋雨众生的罪业冲洗干净。我边走边念,依托佛菩萨的大愿力,把这场雨演化为慈悲利他的事业的一部分。

不知道走了多远,道路前方出现一棵巨树。这棵巨树绿叶繁茂,枝丫伸展,如同一柄巨伞,撑在天地间。我走到树下,放松地喘了一口气。此时,山高处依然云层激荡,厚重的铅灰色的积雨云紧紧拥抱着起伏的群峦,雨丝密集。

山路下方,视野里出现了洗象池的建筑。一时,我心情激动,快步走下去。说来奇怪,离洗象池越近,雨下得越小。洗象池山门附近,根本没有下雨。

不一会儿,戒嗔、贤友也到了。我板起脸对贤友说:"这场雨,就是你在雷洞坪喊来的!"贤友笑嘻嘻地转过脸问戒嗔:"我有那么厉害吗?"

戒嗔倒吸了一口凉气,他不紧不慢地说:"哪里是你厉害,是这座山有灵气。"

贤友问:"人们来朝山是好事啊,为什么要淋雨呢?"

从因果的角度说,我们三人淋这场雨,应该是在过去的生死轮回中共同造做了一个将来淋雨的因,今天,不过是那个因结果了。

其实,不仅这场雨,人生中的所有际遇,无论是痛苦还是快乐,都代表着业的完成。痛苦是恶业的完成,快乐是善业的完成。面对痛苦,不要逃避,也不要抱怨,应暗自庆幸"以前欠下的债如今终于偿还了";面对快乐,不要沉迷,也不要留恋,应提醒自己,未来要想拥有更多的快乐,现在要多多地播种善因。

04　睡在佛的隔壁

洗象池走廊内光线昏暗,脚下木板吱嘎作响。我不由得放慢了脚步。

到客堂办好住宿登记,拿着钥匙打开客房门,我们赶紧往下脱湿衣服。戒嗔率先脱得光溜溜的,跑进卫生间:"今天我就不等睡前洗了,先冲个热水澡。"在杏花春雨的江南长大,戒嗔养成了睡前洗澡的好习惯。

换上干爽的衣服,我和贤友走出房间。

洗象池建在山腰突起之处,背倚高山,三面临深谷。如果把背后的高山看作一头巨象,洗象池就在鼻根处;寺前通往九岭岗的钻天坡,则是大象垂下去的长鼻子。左侧的院子里,有个天然水池。传说中,普贤菩萨骑象走到这里,曾汲取池中水为象冲洗身体。

寺院不大,三重殿堂:前面是弥勒殿;中间大殿,供着普贤菩萨骑象像;后面是观音殿。

我指着铺在屋顶上的铁皮请教一位散步的僧人:"法师,这里怎么不用瓦啊?"僧人说:"这里是猴区。猴子喜欢上房揭瓦,没办法,只好用铁皮罩顶了。"

聊了几句,僧人看了看天:"你们要在这里住下吗?马上要下雨喽!"

洗一个澡,看一朵花,吃一顿饭,假使你觉得快活,并非全因为澡洗得干净,花开得好,或者菜合你口味,主要因为你心上没有挂碍。

不知不觉,云层从山下移到了洗象池头顶。群山飘浮在茫茫云海中,远山近岚,形如一座座的孤岛。回房间的路上,稀疏的雨点开始落在台阶上。

"象池夜月"是著名的"峨眉十景"之一。云收雾敛,万籁俱寂,碧空万里,黝黑挺拔的冷杉林梢,悄然升起一轮明月,四周的山都被照亮……对象池夜月的妙境,我心有期待。

我对贤友说:"如果半夜里雨停了,咱们来池边看月亮吧。"僧人笑着说:"你们晚上还是好好睡觉吧。朝雨短,暮雨长。像这满山云雾,下起雨来,恐怕要下到天明啦。"

走廊里搭了两根竹竿,竹竿上晾挂着我们的湿衣服。看来戒嗔已经洗完澡了。

看到我们回来,戒嗔一脸兴奋:"你们出去不久,我听到有敲门声,还以为你们忘了带钥匙呢,赶紧过来开门。猜,我看到了什么?"

法师说这里是猴区。听戒嗔这样说,我猜到了答案。还没等我与贤友开口,戒嗔自己抢着说:"开门一看,咦?没有人!是谁跟我闹啊?一低头,哦!三只猴子。一公一母,两只大的;母猴子怀里还抱着一个小的。它们眼巴巴地望着我。"

"一看是来化缘的,我就回屋给它们找吃的。还不错,一根香蕉、一个苹果,朝门口一丢,公猴子跳起来捞在手里。它朝母猴子一声尖叫,就翻身到窗外去了。我跑到窗前时,它们抓着树藤一晃悠就没影了。"

屋顶上的铁皮开始叮咚作响。不一会儿,雨声密集起来,连成了一片。

睡前,我也冲了个澡。温热的水把一路的疲惫冲洗一空。身体感觉舒服,我心中却暗生惭愧。在洗象池洗去身上的尘劳,寓意何其深刻!

惭愧的是，我没有苏东坡那样的才华，他洗一次澡就能洗出两首词呢！

　　水垢何曾相受？细看两俱无有。寄语揩背人，尽日劳君挥肘。轻手，轻手，居士本来无垢。

　　自净方能净彼，我自汗流呀气。寄语澡浴人，且共肉身游戏。但洗，但洗，俯为人间一切。

　　苏轼写这两首《如梦令》，是在北宋元丰七年（1084年）。那一年，他四十八岁，被人陷害，蒙冤外贬到泗州任职。在澡堂洗澡时，搓背人手重，疼得他连说"轻手"，并感慨自己本来"无垢"。人间的这份无奈，他又无力拒绝，只好以"肉身游戏"的心态坦然接受了。

　　被窝里很温暖，我趴在枕头上把一天的经历与感想匆匆记录下来。写完了，依然没有困意。桌上有本杂志，顺手拿过来翻翻。又看到署名钱锺书的一段话："洗一个澡，看一朵花，吃一顿饭，假使你觉得快活，并非全因为澡洗得干净，花开得好，或者菜合你口味，主要因为你心上没有挂碍。"

　　看来，这钱夫子可不是传说中的"书呆子"，他活得多么通透！

　　夜深人静，屋顶上传来的雨声格外响亮。戒嗔鼾声一片，贤友戴着耳塞也早已入梦了。今夜，睡在佛的隔壁，我却没有丁点儿的倦意。

　　雨过天晴，山间清冷。气温很低，清晨的太阳就像一张圆圆的淡红的剪纸。大雨冲洗过的群山，在阳光下碧绿闪亮。峨眉山间，通透如水晶世界，就连冷杉林里传来的几声鸟鸣，也格外清脆。

　　洗象池来了一群猴子，它们占据了山门前那个半圆形的月台。有的在抓耳挠腮,有的在石栏杆上嬉闹追逐,吱吱喳喳,搅成一团。三只大猴子守在台阶旁,有人走过时,就掌心向上像要"化缘"。

这群猴子是洗象池的常客。一位圆脸的法师走过来,有只大猴子迎上前去,它大胆地把爪子伸进僧人口袋里往外掏东西。

从钻天坡上,走来四五位香客。他们望见洗象池的山门,发出一片欢呼声:"哇!到了!我们到金顶啦!"

《峨眉山志》讲,洗象池旧时叫"初喜亭",也叫"错欢喜"。朝山的人从九岭岗上行,从陡直的钻天坡走到这儿,没一个不腰酸腿痛。看到矗立在山高处的洗象池,就错以为眼前就是金顶啦。等气喘吁吁走上来,才弄明白,原来是一场错欢喜。

不过,在朝山中处,钻天坡可谓最难走的一段。走过了钻天坡,在洗象池小歇一下,再往上走,就轻松许多。所以,虽然是一场"错欢喜",也是好事。

05　华严顶上僧院花

虽然钻天坡的垂直高度只有三百米,但山路拐来绕去,却有一千五百多个台阶。我们一路走走停停,快到钻天坡的尽头时,遇到一位老婆婆。她佝偻着身子,背着半个身子大的旅行包,左手一把伞,右手一根竹竿,一步一拄,慢慢地往上走着。

戒嗔问:"您去哪儿啊?"

老婆婆反问:"你说我去哪儿?"

这一反问,大有禅机。我心念闪动:"您老贵姓?"

"免贵姓周。"

"多大年纪啦?"

"七十多啦。"

"到金顶去?"

"对。到金顶去。"

嘴里说着话,她并没有停下脚步。看着老人家走得不快,但一会儿工夫,她就走到了上面的山路拐弯处。

她这么大年纪,走着上山下山,实在太辛苦了。我掏出五十元钱,请戒嗔帮我追上去送给老婆婆:"请她下山时买票坐车吧。"

欲悟色空为佛事,故栽芳树在僧家。细看便是华严偈,方便风开智慧花。

我和贤友坐在台阶上等戒嗔。过了好大一会儿，戒嗔才走了回来。

"哎呀，可把我累坏了！"说着，戒嗔一屁股坐在我身边，"别瞧老人家年纪大，还背着那么大的一个包，她走得飞快。我根本追不上，只好喊她停下来……"他喘了两口气，忽然问我："你怎么想起要给她钱呢？"

"因为她姓周。"

戒嗔一脸的不解。

佛门讲，文殊、普贤两位菩萨经常结伴而行，游戏人间。南宋淳熙年间，他们来到江南，文殊菩萨化身为兜率寺的戒禅师，普贤菩萨生为周家的女儿，排行老七，人称周七娘。

周七娘长大成人后也不肯嫁人，她白天在集市上乞讨，夜晚和戒禅师同宿于普济桥下。当时人们都讥笑周七娘是疯婆子。

一天，周七娘和戒禅师来到集市上最热闹的地方，他们背靠背坐在一起，对人们说："戒师文殊，周婆普贤，勾肩搭背，万世流传。"说完，他们就圆寂了。

此时，人们才知道，这周七娘竟然是普贤菩萨的化身。

我问戒嗔："你说，这位老婆婆七十多岁啦，孤身一人来朝山，刚巧又姓周，她会不会是普贤菩萨的化身呢？"

听到这里，贤友、戒嗔都一愣，他们不约而同地扭头望向山路上方。

钻天坡下的九岭岗，山路狭窄，像鱼的脊背。在这里，我们遇到了一个戴眼镜的小伙子。戒嗔和他聊天，得知他姓倪，来自云南。

小倪是来峨眉山拜师父的，他在山间已经转悠了三四天，见到寺院就进去拜。

戒嗔问:"你找到了心目中的师父吗?"

小倪摇了摇头。

"怎么不结个伴呢?"

"一个人自在,想走就走,想停就停。"

听说我们要去华严顶,小倪一路同行。戒嗔悄悄对我说:"这个小倪好像满腹心事,你找个机会开导开导他。"

我问小倪:"你心目中的师父是什么样子的?"小倪抬眼看了我一眼,没有说话。"佛门有很多善知识,但脸上不会写着'善知识'这三个字。"小倪听到这儿,很快地笑了一下,他还是不说话。

"你知道印光老法师吧?"他轻声说"知道"。"印光老法师说,有九种人不是善知识。你知道是哪九种吗?"小倪沉默着,不置可否。

戒嗔说:"你给我们讲讲印光老法师怎么说的吧。"

"不遵守国家法令、破坏佛门戒律的;自称是佛菩萨再来的;利用人们的好奇心,编造离奇故事吸引人的;不修禅定,热衷于做佛事挣钱的;不劝人精进修行的;自残身体,妄称代众生受过的;以弘法为借口,巧立名目化缘的;自称证得神通,诓骗信众的;示现僧相,不讲佛法,爱说鬼神的……这些,都不是善知识。真正的善知识严持戒律,老实念佛,以平常心接人待物。"

小倪认真地听着,他问:"那你说我能在这里找到心中的师父吗?"

"佛门讲缘分。有时是你在找师父,有时是师父在找你。只要心真诚,你迟早会遇到心中的师父。今天没遇到,明天也许就遇到了。缘分来了,你自己会有感觉,或者是莫名其妙的感动,或者是满心欢喜,也可能是感觉自己受了满肚子的委屈,也可能说不出话,却热泪盈眶……"

接下来又是上坡路。小倪走在我身边,但他没再问什么。

在峨眉山群峰中，华严顶是相对独立的。登上华严顶，能望见西南方有座逶迤连绵的雪山，白雪覆顶的山峰在远处闪耀。贤友一声惊叹，他说："远处的雪山会不会是喜马拉雅山？"

"在这儿不可能望见喜马拉雅山。那应该是贡嘎雪山。"

小倪忽然接了一句："在这儿也望不见极乐世界，你相信它有吗？"

"要说起来，极乐世界可是比喜马拉雅山更远。有没有呢？虽然看不到，我相信它有。因为佛陀说有。"

华严顶上，寺院不大，一进山门，一览无余。来这里的游人少，寺院格外安静。雨过天晴，寺院里所有的门窗都敞开着，通风透气。我们转了一圈，竟然没见到一个僧人的身影。寺中有几只小狗，见有人来，它们也不狂吠，而是欢喜地在来人腿边转来转去。

花圃里，闲开着一丛丛的花。其中有朵怒放的绣球花。"这花开得真大啊！就像个地球仪。"小倪难得露出了笑脸。

"小倪，你是不是在中学里教地理啊？"戒嗔忽然问。小倪笑笑，依然不置可否。

在华严顶，看"僧院花"，我想到了白居易和他的《僧院花》：

> 欲悟色空为佛事，故栽芳树在僧家。细看便是华严偈，方便风开智慧花。

"华严偈"是《华严经》里的诗偈。《华严经》因卷帙浩繁，被尊奉为"佛经之王"。华严世界的特点，是"一花一世界，一叶一如来"。这是佛陀对文殊、普贤等诸大菩萨讲的。

白居易少年得志，早年积极从政。官场风雨多，后来，他屡遭贬谪，以此因缘，得以亲近佛法，过上了"外以儒行修其身，内以释教治其心,旁以山水风月歌诗琴酒乐其志"的生活。

白居易经常出入寺院。有一天,他在僧院看到风吹花树,花枝摇曳,恍如读到了一部鲜花版的《华严经》。他自问:色与空,是佛法的两大义理。那么风是空,是色?说风是空,花枝为何摇曳?说风是色,又为什么无法捕捉?枝头花开千朵万朵,说花是"色",可花期一过,花又去了哪里?世间万物,无非因果缘起,终究寂灭。观花悟禅,他在喧嚣中看到了寂静,在浓艳处看到了寂灭。

小倪在华严顶和我们分手作别。他选了另一条路,前往初殿。我与贤友、戒嗔返回九岭岗,去遇仙寺。

山中偶遇,小倪没有留下他的联系方式。不知道,他后来是否找到了心目中的师父,也不知他是否会在这本《行愿者之歌》中读到这段旧事。

肆

仙峯遇佛

01　脚痛的山路

　　走到遇仙寺大殿时，我感觉右脚痛得要命，赶紧在殿外的竹椅上坐下来，解开鞋带，脱下鞋子。戒嗔看了"哎呀"一声，我袜子前端血迹斑斑。脱下袜子一看，大脚趾下起了个大血泡，不知何时磨破了，血肉模糊。

　　戒嗔有些担忧。"这么严重！我和贤友可是谁也背不动你啊！"

　　寺中的法师听说有人走路磨破了脚，找来几个创可贴，还端来几杯茶。

　　我包扎好伤口，把脚晾晒在阳光下。想到接下来要走的路，心情有些沮丧。

　　疼痛不时从脚趾头那里传来，我想到了佛陀最初讲法时所说的"苦谛"。在"四圣谛"苦集灭道中，苦谛排在第一；因此可以说，苦谛是佛法的第一义谛。佛陀说，苦是客观存在的现象，要想离苦得乐，要有面对苦的勇气，接受苦的胸怀，抗拒与逃避无法解决苦的现象。

　　苦与无常，是婆婆世界所有事物的两大特点。我提醒自己，脚趾头破了个泡，不必过于担心。如果能继续前行，一切照常；如果不能，就在遇仙寺休歇一两天，等伤口愈合了再走。

如果把一座山视作一尊佛,想想看,山的耐性有多大!千万年来,山一直稳居于此,默默地为众生祈祷,祝福众生能摆脱烦恼、无明。

法师搬来一把竹椅子，陪我们喝茶。我问："听说唐朝的药王孙思邈晚年常住峨眉山，他在遇仙寺住过吗？"

法师思忖了一会儿，摇了摇头："孙思邈来过这里吗？我没听说过。《峨眉山志》上记载，安史之乱爆发后，唐玄宗幸蜀，在中峰寺一带遇见了孙思邈。"

近年来，我翻阅了一些有关中医养生的书，还抄录过孙思邈的《养生铭》："怒甚偏伤气，思多太损神。神疲心易疫，气弱病来侵。勿使悲欢极，当令饮食均。再三防夜醉，第一戒晨嗔。亥寝鸣天鼓，寅兴漱玉津。妖邪难犯己，精气自全身。若要无诸病，常当节五辛。安神宜悦乐，惜气保和纯。寿夭休论命，修行在本人。若能遵此理，平地可朝真。"今天看到"遇仙"二字，不知怎么就想到了他。

询问法师法号。他说："我们在山中相见，或许是今生唯一的一次相遇。我的名字，对你并不重要，也没有什么意义。"

一时无话说了。各自捧着手里的茶杯，四个人静静地喝茶。

过了一会儿，法师慢悠悠地说："我叫照见。《心经》中'照见五蕴皆空'的那两个字。"

接下来的路，对我来说，变成了脚疼的山路。细想一下，山路没长脚，它疼啥呢？是我的脚在疼。

在禅门，脚痛也有公案。

《正法眼藏》记载，玄沙禅师背着行囊，四处云水行脚，参访善知识。一天翻山越岭时，他的脚不小心踢到石头上，脚趾头鲜血淋漓。古人穿草鞋，鞋子对脚的保护更为有限。他痛得"哎呀"直叫，坐到地上休息。同行的道友鼓励他继续前行，禅师摆了摆手："我不走啦！你们走吧。"道友好言相劝。禅师说："佛陀不是说一切皆空嘛！那为什么脚痛这件事，我空不掉呢？我就在这个让我痛的地方，把这个问题搞清楚！"

就这样，"脚痛"成为玄沙禅师悟道的机缘。

痛是什么？生理医学认为，痛是受到损伤、需要修复时身体的自然反应，也是身体与人的对话。对追求觉醒的人来说，痛是必须要面对的事实；没有疼痛，人生就没有成长。对于禅修者来说，人只有肯接受疼痛时，软弱才真正离开了你。疼痛是觉醒的机会，让人从中体会无常与苦；感受不到疼痛，人就无法培养觉察、觉照的能力。

继续上路时，贤友主动替我背起了背包。他和戒嗔走在前面，我在后面慢慢地走。

山路两旁，树木高大挺拔，枝叶繁茂，林间阳光幽暗下来。偶尔有金色的阳光从枝丫间漏下来，在山路上形成斑驳的光影。

这段脚痛的山路，虽然感受并不美好，我却要把它视为习禅修心的机会。走累了，就停下来喘两口气。路旁的草丛中，盛开着一些纤细的花朵，有蓝有红有黄有白。大多数的人生就像这些花朵，没有接触到佛法，只能随时光的轮回而自荣自枯。

或许是戒嗔与贤友放慢了脚步，后来，我渐渐追了上来。

戒嗔好奇地问："脚不疼啦？"

"感觉不痛了。"说着，在枝繁叶茂的松树下，我向前大踏步走了几步。

戒嗔满脸的不肯相信："伤得那么重，怎么会不痛呢？"

"一开始，脚一落地就痛得钻心。没办法，又不能停，我就在心里默念佛号。也没想到，念着念着，就不痛了。"

"你念的哪尊佛？"

"阿弥陀佛。"

"怎么念的？"

"默念的。就像喊自己的名字一样，念一声，在心里应一声。"

也许是一心念佛，转移了我的注意力；也许是佛门所说的加持起了作用吧，走着走着，我受伤的脚趾头就不痛了。

山路漫长，似乎没有尽头。从遇仙寺到仙峰寺，群山起伏，峰峦叠嶂。这段山路两旁的风景，可以说是普贤庭院中最美的部分，集中了峨眉之美。

拐过一个大弯，又开始爬坡。道路左侧，谷壑幽深，溪谷中散落着许多硕大的石头，水声潺潺，波光粼粼；右侧崖壁高耸，高可摩天，石壁上点点苍苔，杂花生树，有一道飞瀑从高处飘摇而下，如悬挂的白练……我们仿佛是走在宋代画家范宽的《溪山行旅图》中。

近处的树，远处的云，啁啾的鸟声，树隙里的阳光，曲折的石阶路……在普贤庭院里慢慢地行走、歇息，凝视、远眺或者回望，心中充溢着一种无法言说的宁静，感觉就像走在普贤菩萨温柔的注视里。

如果把一座山视作一尊佛，想想看，山的耐性有多大！千万年来，山一直稳居于此，默默地为众生祈祷，祝福众生能摆脱烦恼、无明。

山中万物都在说法：青山宣说着静寂与坚定；流水宣说着流动与无常；绿树宣说着忍辱与精进，有阳光就向上伸展枝叶，下雨时就向下深深扎根……可惜肉眼读不出来。

山路左前方，一块刻有"南无普贤菩萨"的方形巨石突然矗立在眼前。巨石顶上，长出一丛灌木，生机勃勃，蓊蓊郁郁。走到巨石跟前，看到在"南无普贤菩萨"的上端，还刻有"仙圭"二字。

贤友在仙圭石前端详了许久，他还发现巨石右侧镌刻的"佛历二千九百九十五年"的字样。他不解地问："现在不是佛历二千五百多年吗？这个是怎么回事，多出了四百年呢？"

对释迦牟尼的出生年代，世界佛教界说法不一。按中国古籍《周书异记》记载，佛陀出生于周昭王二十四年，即公元前1027年，比1950年世界佛教大会决定的以公元前544年为佛教纪年元年早482年。这块巨石镌刻的"佛历二千九百九十五年"，应是1969年，是沿袭古籍所刻的。

过仙圭石不久，暮色四合，碧绿的群峰转向苍茫，山间雾气升腾起来，脚下的山路也变得模糊。今晚我们要投宿仙峰寺。前面不知还有多远的路。三个人都不再言语，各自脚下加力，一股劲向前。

又拐过一个弯，不远的前方，闪现出一盏昏黄的灯。贤友轻轻吁了一口气，我的脚步也一下子放缓了。

02　仙峰遇佛

晨雾弥漫。早斋前,我一瘸一拐地在仙峰寺内转了一圈。寺里对联意境高深,还有一些我不熟悉的生僻字,如客堂的对联"无偈不通,语出清风多幻化;有怀必吐,诗归明月细推敲"的"怀"字,如财神殿的对联"万民有求,看涉水登山,到处不远千里;一生无偏,喜见利思义,此中自錫百朋"中的"錫"字等。

看来,仙峰寺以前的住持僧文化修养极深。

回到客房,我抄录这些生僻字时,戒嗔把头凑过来。我在纸上写下三个字"錫茶壶",问他:"认识吗?"

他瞄了一眼,不以为然地说:"锡茶壶。"

我笑着说:"再仔细看看。"

"我念得难道不对?"戒嗔不肯相信,他拿起纸片,认真研究。

有个"錫茶壶"的故事,记录在徐珂的清代掌故遗闻汇编《清稗类钞》中。

晚清重臣、洋务运动的代表人物张之洞到武汉出任湖广总督之初,有位靠捐钱补缺的人前来拜访。张之洞在纸上写下"錫茶壶",对来者说:"做官须识字,你认得这三个字吗?"

佛现莲花峰自然自在,云藏舍利塔如见如来。

来者轻轻念出:"锡茶壶。"

张之洞大笑。

来者问:"张大人,您看,我什么时候入职?"

张之洞说:"嗯,你能读出'锡茶壶'三字,也是可造之才。不过呢,你读得不对,我看你还是回去读三年书,再来应差吧。"

"錫荼壺"这三个字,比"锡茶壶"各多了一横,就不能读作"锡茶壶"了,而是读作"杨图昆"。

戒嗔听完这个故事,哈哈大笑:"看来你也要我再用心读三年书啊!"

早斋后,仙峰寺当家师宽法法师领我们去九老洞。出仙峰寺,向右沿山路行走了一段路,上坡下坡,来到九老峰下一个绿萝纷披的洞口前。

传说上古时期,华夏人文始祖黄帝来峨眉山问道,在九老洞外看到一位老者坐着晒太阳,于是上前请教:"老丈,您缘何孤身一人在这荒山野岭之中?"老者说:"这里不是荒山野岭,而是神仙洞府。我也不是孤身一人,还有八个同伴正在洞中修行呢。"

九老洞,名属"峨眉十景"之一,又名"九老仙府"。

以为洞中一片黢黑,没料到灯火通明,原来出发之前法师已在寺中打开了照明的开关。沿石阶下行,走到洞深处,感觉湿度很大,不时有水滴从洞顶落下,清泠有声。洞内空间很大,像个宽大的客厅,温度也低,寒气逼人。法师指着洞中千姿百态的钟乳石说:"这个像不像石笋?这个像不像石花?这个就是传说中的仙人床……"

洞中供有财神赵公明的像。法师说,隋代的时候,赵仲明任眉州太守,他因在职时治理水患造福一方,逝后被拥戴成神,受人香火。不知道后来是怎么演变的,赵仲明成了赵公明,太守成了财神爷。

洞内岔道很多，法师只带我们看了灯光照亮的地方，没有往深处去。

往回走，山间的雾渐渐消退。回到寺前月台上小立时，周围的群峰显现真容。我向来处望了一眼，不经意间一抬头，发现对面山峰的轮廓竟是一尊天然佛像。

具体地说，是佛像的侧影。大佛头戴宝冠，额头饱满，眉眼生动，鼻梁高挺，唇吻清晰，下巴微微上翘。我举起相机，把这一发现拍摄下来。把照片竖过来看，这尊佛有威严的大丈夫气概。

佛教名山，历来有佛有缘。观音道场普陀山对面的洛迦山，远望是一尊天然大佛；地藏道场九华山百岁宫对面的山峰，远望也是一尊天然大佛；文殊道场五台山灵峰寺东北方向的山峰，远望也是一尊天然大佛。来峨眉之前，听说乐山大佛所在的山脉侧影也是一尊天然大佛，但没听说峨眉山中有天然大佛。

没想到，今日有幸"仙峰遇佛"。

我按捺着内心的激动，把照片拿给宽法法师看。法师看看照片，又抬头端详远处的山峰，赞叹说："不可思议！"低头沉默了一会儿，他又说："我天天在这里，今天才知道对面有一尊佛！看来你跟峨眉山、跟普贤菩萨很有缘。"

法师说到有缘，让我想到早晨在贝叶楼拍摄的一副对联："佛现莲花峰自然自在，云藏舍利塔如见如来。"我指着"佛"字，请教法师："这个字是什么意思？"

"这应该是最古老的佛字。《新华字典》上没有，听说《康熙字典》上有。"

法师指着对联的上款"海岸大和尚禅鉴"问："你知道这位法师吗？他很有修行，据说他圆寂后留下了肉身，可惜在'文革'时被人烧了。"

法师谈到《康熙字典》、"文革",让我想到一段旧事。"文革"期间,"最后的儒家"梁漱溟被红卫兵抄家。他收藏的图书被堆在院中付之一炬,抄家者连《康熙字典》也不放过。梁漱溟想出手阻拦,立马被训止:《康熙字典》是封建残余!我们生活在新中国,有一部《新华字典》就够了。"

旧事已了,眼前依然"佈现莲花峰自然自在"。这座出现佛像的山峰,应该就是莲花峰。海岸法师在此升座是清光绪丙午年,即1906年。也就是说,至少一百多年前,人们已经发现莲花峰是一尊天然大佛。

法师听着我的推测,若有所思,他忽然说:"你来峨眉山,或许是故地重游吧?"

"我是第一次来。"

"是今生第一次。"法师轻轻说着,他又指了指对联落款处"俗友孔庆铨、陈书、胡承恩、胡承基、宋良春、和国玺题赠"问:"当年给海岸大和尚赠送对联的这六个人,你觉得哪一个是你的前身?"

我一下子被问愣了。多年前,净慧长老说我前身是五台山的一位比丘尼。难道那位比丘尼的前身,还在峨眉山生活过?

仙峰寺的山门殿与其他寺院不同,供奉的不是笑口常开的弥勒佛,而是黑面浓须、头戴铁冠、手执铁鞭、身跨黑虎的财神赵公明。

民间有崇拜财神的风俗,并且供奉的财神不止一位,有"五路财神":商朝的比干、春秋的范蠡、三国的关公、明朝的沈万三、《封神演义》中的赵公明。

赵公明又有"正财神"之说。传说赵公明受命于玉帝,掌管天下财源,经商生利,赏勤罚懒,除病禳灾。因此尊崇他的人遍及大江南北。

佛菩萨也有几位"财神",像多宝如来、药师佛、虚空藏菩萨、大黑天菩萨、毗沙门天王等,他们"随众生所求,若法施,若财施,皆能施与,令众生欢喜"。

普贤菩萨也有赐予财富的能力。《普贤行愿品》中说,普贤菩萨能"于诸病苦,为作良医;于失道者,示其正路;于暗夜中,为作光明;于贫穷者,令得伏藏"。"于贫穷者,令得伏藏",不就是令众生脱离经济的匮乏吗?

无论民间财神,还是诸佛菩萨,他们都不是魔术师,无法像变戏法一样赐人财富。以为给财神、给佛菩萨磕头烧香供水果,就能换来财富,不过是隔靴搔痒。人们不知道,以布施来广结善缘,才是最有效的获得财富的方法。

法师说:"人们总说,有钱了就没有烦恼了。到底是不是这样呢?财神有钱吧?你看看他,也有为难的时候——就这么几个钱,你也要他也要,到底给谁才好?什么事也不做,朝也求暮也求,教我好生为难!"

法师说着笑了,他停顿了一下:"我们学佛就要知道,菩提心才是根本宝藏;执着地求外在的福报,是本末颠倒!发菩提心利益众生就像点起火一样,财富啊,福报啊,不过是火燃烧时冒出的烟嘛!"

03　猴居士

听说我的脚受伤了,宽法法师找来一根竹竿,给我拄上。法师说:"前面是猴区,你们小心些。听说近来猴子抢了好几个游客的包。"

戒嗔说:"本来以为峨眉山的猴子挺好玩的。您这么一说,让人害怕了。"

"倒也不用怕。山中的猴子也是佛门弟子。遇到猴群,你只管走路,你不招惹它,它不会理你。那些被抢了包的,大多是把猴子的野性给挑逗起来啦。"

"如果猴子挡在路上呢?"

"你手里不要有东西,把双手摊开给它们看,一看你没吃没喝的,它们就放你过去了。"

说到佛门的"猴居士",最有名的,当属"齐大大圣"孙悟空。

不信,找孩子问问:唐三藏和孙悟空,谁是《西游记》的主角?孙大圣、金箍棒、花果山、大闹天宫……每个孩子都如数家珍。可以说,每个中国孩子心里,都住着一个孙悟空。他们认为,唐僧能到天竺取经,靠的是三个徒弟孙悟空、猪八戒、沙和尚的本事,尤其是孙

游人给食物,便伸手来接;不给,也不强索;吃到美味,还会与人握手示谢,俨然君子之风。

悟空一路的降妖伏魔。他们未必知道，历史上的唐玄奘，是独自一人西行取经的。

也有人说，取经路上，唐僧虽然没有和这三个徒弟朝夕相伴，但这三个徒弟分别代表着他心中的"贪"（猪八戒）、"瞋"（孙悟空）、"痴"（沙和尚）。西行取经的旅途，也是唐僧"降伏其心"的旅途。

因与猴子相处广为人知的僧人，古有玄奘大师，今有延参法师。延参法师是当代僧人中的"网络大咖"，以智慧风趣著称。

延参法师的成名，得益于猴子的帮助。这猴子不是花果山的，而是峨眉山的。

十年前，延参法师应邀来峨眉山上录制节目，畅谈幸福。节目刚一开始，法师手中的讲稿就被猴子抢走学习去了。法师脱稿讲到"绳命是入刺的井猜，人生是剁么的回晃"（生命是如此的精彩，人生是多么的辉煌）时，背后的那只猴子听不懂他的山东口音吧，不停地拽扯法师，让他讲四川话。法师讲到"开心一笑，豁达一笑，让绳命更从容"时，两只捧场的小猴子爬到他肩头玩耍起来，现场测试法师的从容指数。

延参法师临"猴"不乱，视频热播后，人气"爆棚"，被称为"史上最萌的和尚"。延参法师说他打心里特别感谢峨眉山的猴子："以前我的书，在书店里卖不动。现在每一本都畅销。"

峨眉山上有五大猴群，像五个"原始部落"，分别占据着雷洞坪、洗象池、遇仙寺、仙峰寺、茶棚子一带。猴群各有势力范围，有贸然"入境"者，猴群会群起攻之，直到入侵者落荒而逃。

五大猴群又分为三种类型：

一种是"豪强型"，活跃在仙峰寺到洪椿坪一带。"山中无老虎，猴子充大王。"它们蹲守路边,喜欢对香客游人拦路打劫,索要食物。

一种是"隐逸型",活跃在华严顶、初殿一带。它们爬树荡藤,攀岩越涧,渴饮山泉,饥食山果,夜宿山洞,有几分像古代隐居的高人逸士,不染世尘。

一种是"灵性型",活跃在洗象池以上的高山林区。晴日里,它们大摇大摆地在寺院进进出出。游人给食物,便伸手来接;不给,也不强索;吃到美味,还会与人握手示谢,俨然有君子之风。

仙峰寺到洪椿坪这段山路,路随山势,弯来绕去,虽然心里紧张,倒也一路无事。戒嗔一时快活地走到了前面,他学着电视剧里孙悟空的样子,金鸡独立,手搭凉篷,向前方张望着,大喊:"猴哥,你在哪里啊?"

话音未落,头顶上的松枝间出现一片细碎的声响。有只猴子灵活地攀缘着枝条跳跃着匆匆离开了。

这是猴群安排的哨兵,它向猴王通风报信去了。我对戒嗔、贤友说:"赶快走,这里看来是是非之地。"

果然,拐过一道弯,路面上扔着撕裂的饼干袋,护栏边散落着湿湿的猴粪。在一棵古松下,站着三个惊魂未定的女孩子。

半个小时前,她们在这里遇到一群猴,本想好心从包里掏些食物给猴子,不料猴子扑上来就把包抢走了。一个女孩子试探着问:"我的钱包、身份证都在被抢走的包里,你们能下坡帮我找找吗?"

向栏外探头一看,坡陡沟深,我摇了摇头。

又继续向前走,拐过两道弯,我们也遇到了猴群。十几只大猴子蹲坐在山路中间,拦住去路。我手拄竹杖走在前面,按法师提醒的,只是低头看路,不看猴子的眼睛。我用竹杖敲打路面,猴子竟然给闪出一条道来。

看来，这个猴群很懂事，与那三个女孩子遇到的"判若两猴"。

峨眉山的猴子，让人想到佛经里提到的猴子。

人们熟知的"猴子捞月亮"，出自佛教的《摩诃僧祇律》。在这个故事中，佛陀以猴子捞月亮的荒诞，提醒修禅者不要迷幻为真。

在《正法念处经》中，佛陀说众生的心跟猴子一样，轻浮躁动，难捉难调，"如彼猿猴，躁扰不停，种种树枝花果林等，山谷岩窟回曲之处，行不障碍。心之猿猴亦复如是"。

在《六生喻经》中，佛陀以"六窗一猴"为例，明确修心的重要性。人的身体好比一座房子，人体六根（眼、耳、鼻、舌、身、意）犹如六个窗子，心就像被困在屋子里的猴子；如果不通过禅修提升心的稳定性，人心就像猴子一样在不同的窗前跑来跑去。

在《百喻经》中，佛陀说，有人给猴子一把豆子，不小心有一粒掉到地上。猴子把其他豆粒一扔，专心找那粒失落的。结果，撒到地上的豆子都被鸡鸭吃光了。如果不懂得取舍之道，人的行为跟猴子有什么区别？

在《阿含经》中，佛陀说，猎人把苹果放进窄口坛子里，故意让窗外的猴子看到。猴子看到猎人走开了，就翻窗入室，将爪子伸进坛子里拿苹果却被卡住。猎人回来了，猴子依然舍不得放下苹果，只得落入猎人手中。

贤友赞叹说："佛陀真是大智慧，用浅显的故事把高深的道理讲了出来。让你说得我也想读佛经啦，你建议我从哪一本开始？"

"要想读故事长智慧，那就先读《百喻经》吧。"

04 长胡子的普贤

从仙峰寺走到茶棚子,一路都在青山怀抱里。这段山路,有著名的九十九道拐。这一带有一段狭长的峡谷,是珙桐树保护区。如果是夏初经过这里,能望见一树一树的白鸽子花。

九十九道拐为什么出名?因为难走。我们从上往下走,有看山的闲情;迎面而来的朝山者,则汗流浃背,时有叹息。

这声声叹息,让我想到了威尼斯著名的叹息桥。叹息桥一端连着总督府,一端连着监狱。被总督府宣判入狱的囚犯过桥时,难免要发出一声叹息。马丁·路德·金说:"必须接受失望,因为它是有限的;但不能失去希望,因为它是无限的。"走上九十九道拐,虽有叹息,知道它通向金顶,心里却充满光明、喜乐。

说是九十九道拐,其实只有六十九道弯。山道上的三千级石阶,却是普贤菩萨施设的一段菩提路。传说菩萨入山走到这里,见群峰独具大美,山路险峻难行,便命三千随行者每人铺设了一级石阶。

走到一棵古松下,我招呼贤友、戒嗔歇息一下。坐在树下,能清晰地听到溪谷流泉的响声。一时,山静似太古,日长如小年。山峰秀美,岩壁险峻,连绵的群峰递次进入视野,就像一幅徐徐展开的山水长卷。

必须接受失望,因为它是有限的;但不能失去希望,因为它是无限的。

眼前的山景，就像净慧长老在《生活禅开题》里讲的："满目青山是禅，茫茫大地是禅；浩浩长江是禅，潺潺流水是禅；青青翠竹是禅，郁郁黄花是禅；满天星斗是禅，皓月当空是禅；骄阳似火是禅，好风徐来是禅；皑皑白雪是禅，细雨无声是禅……"

具足大美的峨眉山，不就是老和尚讲的"禅天禅地"吗？

走过寿星桥，又爬上一道坡。路比方才走过的要宽一些。路面上落叶杂陈，有人在打扫。走过他身边，我停下来拍了一张照片。他低着头说："扫地有什么要拍的？"

"清扫路面是好事啊！"

他停下扫把，抬起头说："做好事遭雷劈。"

继续前行，扫过的路面，又有黄叶飘落下来。落在身后的贤友追上我，他问："扫地的人为什么那么说话呢？"

这个公案实在难以参透。如果做好事遭雷劈，依然能坚持做好事的，恐怕就是菩萨了吧？是不是这样？问谁？宋代诗人吴潜说："世事悠悠浑未了，年光冉冉今如许？试举头，一笑问青天，天无语。"我们身畔的群峰也无语。

扫地是大有禅机的。佛门的周利槃特就是扫地开悟的。

《增一阿含经》讲，周利槃特是个脑筋不灵光的人，人称"愚路"。他在祇园精舍随佛陀出家修行，学习了四个月，竟然连四句偈颂都背不下来。他难过地哭了。佛陀递给他一把扫帚，劝慰他："背偈颂不是唯一的修行。你为僧众扫地吧，这也是修行。"

"怎么扫呢？"周利槃特问。

"扫地就是除垢。看到精舍庭院里哪里有尘垢，你就以清净心去扫它。扫地时，要念念分明，念念觉照，知道自己在扫地。"

按着佛陀教导的,周利槃特一边扫地,一边观心。

一天,扫地的周利槃特心中一片光明,他觉悟到"烦恼就是尘垢,智慧如同扫把,智慧的扫把可以扫除一切烦恼",当下证悟。

周利槃特欢喜地找到佛陀,他说:"佛陀,我明白了,除者谓之慧,垢者谓之结。"

佛陀微笑着首肯他:"善哉,善哉。"

后来,周利槃特跻身五百罗汉之列,名列第七十七位。

未进洪椿坪,先看到了山门外数棵高大的洪椿树。其中有一棵枝繁叶茂,树围要二人合抱。植物学家推测,这棵树至少已存世千年。庄子在《逍遥游》中说:"上古有大椿,以八千岁为春,八千岁为秋……小知不及大知,小年不及大年。"大椿,即洪椿。寺名洪椿坪,寓意美好,象征着佛法源远流长,如洪椿住世。

走进洪椿坪,邂逅了圣祥法师。我指着白壁上的"洪椿晓雨"四个大字问法师:"这是怎么回事?"

法师说,洪椿坪周围山抱树环,空气湿度大,夏日清晨,林间迷蒙,常似有淅沥的雨声。"其实不是雨,是夜间降温时,湿气凝结成水滴挂在树叶上,恰巧清晨落下来。"

原来,这名列峨眉十景的"洪椿晓雨",跟七里坡的雨声是一回事。"除了洪椿晓雨,这也是一项'峨眉之最'。"法师指着大殿前的对联:"这是山中最长的对联。"

峨眉画不成,且到洪椿,看四壁苍茫:莹然天池荫屋,泠然清音当门,悠然象岭飞霞,皎然龙溪溅雪,众峰森剑笏,长林曲径,分外幽深。许多古柏寒松,虬枝偃蹇;许多琪花瑶草,锦彩斑斓。

客若来游,总宜放开眼孔,领略些晓雨润玉,夕阳灿金,晴烟铺锦,月夜舒练。

临济宗无恙,重题公案,数几个老辈:远哉宝掌驻锡,卓哉绣头结茅,智哉楚山建院,奇哉德心咒泉,千众静安居,净业慧因,毕生精进。有时机锋棒喝,蔓语抛除;有时说法谈经,蒲团参究。真空了悟,何尝障碍神通,才感得白猿传书,青猿洗钵,野鸟念佛,修蛇应斋。

我数了一下,这副对联有二百字,着实不短。

圣祥法师是位老修行,为人和蔼。他在洪椿坪已经住了二十多年。很多人出家为僧后喜欢东跑西跑,他却不跑,看来定力了得。听我这么说,法师羞赧一笑:"不是那回事。是我跟这个地方有缘,不愿往外跑。"

贤友说:"法师跟这里有缘,应该有不少故事吧?"

法师一笑:"哪里有什么故事?久住必有缘嘛。"沉默了一会儿,他又说:"我没有故事,洪椿坪这个地方有故事。看看这副对联,这里有很多高僧来过,像千岁宝掌和尚、绣头和尚、楚山禅师、德心法师……"

法师指着院中的"锡杖泉"说:"以前寺院缺水,德心法师念着咒,拿锡杖往地上一戳,就出了这眼泉。"

我问:"对联中说的白猿传书、青猿洗钵、野鸟念佛、修蛇应斋,是什么事?"

"都是跟寺院有关的故事。具体是什么,你真把我问住了。"法师一脸歉意。

入川之前,听说川人爱"摆龙门阵",闲聊讲故事。圣祥法师倒是"知之为知之,不知为不知",他不谈玄说妙,真佛只说家常。

"洪椿坪有一尊长胡子的普贤像。其他寺院没有。感兴趣吗？我带你们上楼看看去。"

随圣祥法师上楼时，戒嗔拉着我悄悄地问："法师说菩萨长胡子，难道是这尊菩萨像长出了胡子吗？"我也不清楚，回说："走，到楼上看看，不就知道了吗？"

殿里的普贤菩萨像，的确与众不同。菩萨满头长发，还戴着一个像孙悟空紧箍咒一样的戒箍；左手托着一部佛经，右手举在空中像在说法。菩萨很瘦，额头满是皱纹，唇上、下巴胡子浓密。

这胡子不是长出来的，是塑出来的。法师说的长胡子的普贤像，应该是指这尊菩萨示现为在家人的样子。

《大乘经》讲："入山求道，饥寒病疠，枯坐蒲团，是曰普贤；普贤者，苦行也。"这尊长胡子的菩萨像，再现的是普贤菩萨在峨眉山苦行的形象。

戒嗔对圣祥法师说："我还以为是菩萨像自己长出了胡子呢！"

我对戒嗔说："既然你对胡子感兴趣，我讲个故事。"

三国名将关羽、张飞被杀后，刘备要为他们报仇，发兵讨伐东吴。关羽之子关兴、张飞之子张苞报仇心切，争做先锋。刘备说："讲讲你们父亲的战功，谁讲得好，谁当先锋！"张苞抢先说："先父曾喝断长坂桥，夜战马超，智取瓦口……"关兴口吃，随后说："先父须长数尺，献帝称他是美髯公。"这时，关公现身云端，大声训斥道："为父当年斩颜良诛文丑，过五关斩六将，单刀赴会……你不提这些，扯我的胡子干什么？"

几个人哈哈大笑。圣祥法师掩着嘴说："没想到你很会摆（龙门阵）嘛。关公了不起啊，他是我们佛教的护法菩萨呢！"

05 南怀瑾大坪旧事

下楼回院中喝茶,我请教圣祥法师:"听说南怀瑾先生当年闭关的大坪,就在洪椿坪附近,具体是哪座山峰?"

法师指着北面的一座青山:"那个就是。"停顿了一下,他问:"你读过南先生的哪一本书?"

说到南怀瑾,算起来,我读他的书已有二十多年啦。

最早看的是他的《禅海蠡测》。书的封面上,印着先生的照片,蓝布长衫,一脸慈祥,目光深邃平远。书中的他,纵横捭阖,旁征博引,儒释道、诸子百家、古今中外、养生气功、禅宗藏密、生命科学……他仿佛千手千眼的观音菩萨,一千条胳膊一千只手,每只手里一只睁开的眼,令人眼花缭乱,却又时有会心。

南先生的书,市面上能见到的,我差不多都浏览过。印象深的,却是些细微处。

如早年一位修行人教他看花:"老人反过来问我:'会不会看花?''当然会看。'我心想,这不是多此一问吗?'不然,'老人说,'普通人看花,聚精会神,将自己的精气神,都倾泻到花上去了;会看花的人,只是半觑着眼,似似乎乎的,反将花的精气神,吸收到自己身

山居清苦,僧众饮水,仅靠山顶上的蓄水池,夏积雨水,冬贮积雪;一日两餐,过午不食;每餐都吃"万年菜",是用辣椒、盐巴腌成的咸菜。

中来了。'"

最初读到这里,我着实一愣,感觉此中大有深意。

"我年轻时,师尊盼咐两件事:一、这个世间,所有的事情,都要轻松看;二、我们的心里面,不可往里面装,只可往外面扔。这样,你就无量。"

心中的无弦琴,又被他拨动了一下。空谷之中,足音橐橐。

"什么是修行?并不是打坐、做工夫就等于修行,这和'修行'真正意义还有很远的距离。真正的修行,包括修正心理行为,修正自己的起心动念,修正自己喜怒哀乐的情绪等,也就是心理思想上、生理变化上、言语行为上毛病的修正。"

陶渊明《饮酒》说,"此中有真意,欲辩已忘言"。读南先生的书,我不时为之陶醉,甚至废寝忘食。

贤友说,社会上对南怀瑾有褒有贬。褒者赞誉其为一代奇人、佛学家、教育家、养生家、武术家、国学大师,贬者讥讽他是军统特务、通天教主、混世魔王、江湖骗子、欺世盗名的术士。

法师摇了摇头:"南老师是大菩萨。他的境界,一般人懂不了。"

对别人的褒贬,南先生充耳不闻,他对自己评价道:一无所长、一无是处。

追随者说南老师是精通儒释道文化的国学大师。南先生哈哈一笑:"我是什么大师,不过是个杂家。"

20世纪这一百年,从新文化运动开始,西学日盛,无论政界商界学界,言必尊欧美,社会发展更是以经济腾飞、科技创新为主流,传统文化成为"国故",在时代大潮中被冲击得七零八落。

南先生逆流而上，担当中流砥柱，做起传承中华传统文化的事。这件事，做起来费力不讨好，他不但做了，还做得相当出色。

法师说："知道吧？他有这么高的成就，跟当年来大坪闭关是分不开的。"

1918年，南怀瑾出生在浙江温州乐清一个杂货店主之家。17岁，他到杭州国术馆学武术。日军侵华，战火蔓延，国民政府迁到陪都重庆时，22岁的他入川避难，在中央军校任武术教官。当时，蜀地禅宗大德袁焕仙先生聚众讲禅，度化一方。南怀瑾拜袁先生为师，习禅打坐。26岁那年秋天，他悄然来到峨眉山大坪净土禅院闭关修行。

大坪地处峨眉腹地，群峰围绕。如果把群峰看作莲花瓣，大坪顶上的净土禅院就建在莲台之上。大坪孤峰独耸，悬崖峭壁上有两条山路供人上下，一条叫"猴子坡"，一条叫"蛇倒退"。从这两个名字，可知游人香客一般不来这里。

上山的第一天，南怀瑾看到大殿上明代破山海明禅师题写的一副对联：山迥迥水潺潺片片白云催犊返，风飒飒雨洒洒飘飘黄叶止儿啼。当下心有所悟：菩萨度众生，用的是方便法门，这是世上最高明的教育手段，是以哄人开心的方式来教学的。法喜禅悦，说到底就是开心；哄别人开心是慈悲，哄自己开心是智慧。

寺院规定，闭关阅藏的人，必须是僧人。净土禅院住持普明禅师将南怀瑾剃度为僧，赐法号"通禅"。

山居清苦，僧众饮水，仅靠山顶上的蓄水池，夏积雨水，冬贮积雪；一日两餐，过午不食；每餐都吃"万年菜"，是用辣椒、盐巴腌成的咸菜；初一、十五能吃点豆腐，就要"南无阿弥陀佛"了。

不真心修行，在大坪是住不下去的。通禅僧衣披肩后，与古佛为友,以青灯做伴,独处幽室,终日读经禅坐。三年之中,他深入经藏,将整部《大藏经》(经律论三藏十二部数千卷经典)从头读到了尾。

冬雪飘飘,大坪及周围的群峰便成为银色世界里绽放的一朵雪莲花。"大坪霁雪"也是"峨眉十景"之一。

多年后,谈及大坪旧事,南先生说:"每当夜深人静的时候,在峨眉山顶上,冰天雪地中,夜里起来静坐,万籁俱寂,飞鸟亦无,清净境界,如身游太虚中,安心自在,就像神仙境界一般非常舒适。"

三年闭关期满,通禅还俗。

进关房时,通禅在佛前拈香,发下大愿:"我闭关阅藏,发愿敦儒家之品性(孔孟做人处世的方法),做道家之功夫,参佛家之理性和见地,以后弘扬儒释道诸子百家,接续中国文化断层,请普贤菩萨做证明:这样,对否?"

话音刚落,夜空中出现一道白光,整个寺院亮如白昼。

下山时,南怀瑾以诗明志:"不二门中有发僧,聪明绝顶是无能。此身不上如来座,收拾河山亦要人。"他要收拾的,不是自然界的山川河流,而是近百年来备受欺凌的中华传统文化。

"我当年从峨眉山闭关下来,离城里还有一里路的时候,嗬!一股人味就传了过来,闻着实在难受。"

为驱散尘世的污浊之气,此后的南先生,手里总夹着一根点燃的香烟。

聊着聊着,红日西斜。我们起身,向圣祥法师告辞。

法师说:"不要急着走,可以在这里住一晚。昨天来了几个北京居士,他们明天要上大坪,你们可以一起上去看看。"

伍

01 一线天，一念间

路上，戒嗔和我探讨"什么是名相"。在佛法中，耳朵能听到的，叫作"名"；眼睛能见到的，叫作"相"。名相，也指佛教的名词术语，大多指概念。人一旦认可某一个概念，同时就会被这个概念束缚住。

戒嗔似懂非懂，一头雾水。

路边有导游图，我停下来看了一眼，继续前行时，我问戒嗔："黑龙江在哪儿？"

戒嗔一脸的鄙夷："不会吧？这个你不知道？"

"我知道。想问问你。"

"在东北啊。"

我哈哈大笑。戒嗔挠了挠头："我说得没错啊！"

"你说得对。不过，我说的这条黑龙江就在你脚边。"

像地上爬过一条蛇，戒嗔忽地跳开了一下。站稳身子，他问我："什么在我脚边？你是说这条小溪吗？"

一不小心，戒嗔落入了名相的陷阱里。

他只知道黑龙江是东北三省中的一个省份，不知道在他脚下流过的这条溪流，是峨眉山的"黑龙江"。

每个愤怒的背后,都隐藏着很多东西。
人的情绪,从来不是孤立的。任何一个情绪
的背后,都隐藏着真实。

怎样解开名相的束缚？在江西云居山住过禅堂的一位老参讲过一个故事。

新来的进禅堂里用功。老禅师问："土豆是树上结的吧？"新来的说："不是，是地里长的。"啪！肩头挨了一香板！他觉得冤枉，正要张口。老禅师拿起一只苹果："我说的这个土豆，不是树上结的吗？"新来的说："这叫苹果，不叫土豆。"啪！又是一香板。"看来你不知道，你叫它苹果的，就是我的土豆！"

明明是土豆，你说是苹果就是苹果？无端挨了两香板，新来的感到窝火。

每个愤怒的背后，都隐藏着很多东西。人的情绪，从来不是孤立的。任何一种情绪的背后，都隐藏着真实。要平抚情绪，首先要找到隐藏的真实，当然，这是需要洞察力的。

第二天，老禅师又拿个土豆问新来的："这是什么？"

新来的说："在这里，你说了算！"

老禅师哈哈大笑："好！好！记得这件事，你以后就不会再被名相骗了。你这一辈子，可就赚大了！"

刚才的导游图告诉我，从仙峰寺一路相伴的淙淙溪声，就是黑龙江的流水声。

黑龙江虽然是一条小溪，但它也是大海的一部分。

戒嗔笑话我："峨眉山的小溪与大海，扯得太远了吧？"

黑龙江从仙峰寺旁、九老洞下的黑龙潭流出，流经九十九道拐、洪椿坪，过白云峡，到清音阁与白龙江汇合成流向山外的峨眉河；峨眉河流入大渡河，大渡河流入岷江，岷江注入长江……长江呢？一路东流，汇入海洋。

佛说，世间有四种不可轻视：火苗虽小不可轻视，一时轻忽，或成大祸；幼龙虽小不可轻视，一旦长成巨龙，就能翻江倒海；王子虽小不可轻视，未来他统领天下，能造福万民；童僧虽小不可轻视，将来他成为高僧大德，能利益众生。同理，眼前、脚下的黑龙江，一样不可轻视。

从洪椿坪往清音阁走，一溪流水，两岸青山。路势时而陡险，时而平缓；流水时而湍急，时而清浅。

贤友问："什么是道？"

"脚下是。"

他笑着摇了摇头："我问的不是这个。"

问的不是这个，就看看黑龙江的流水吧。流水从不问道。它随顺因缘，若在地下，就作潜流，含而不露；若遇制止隙，就化作清泉，喷涌而出；经沙土，就渗流；撞岩石，就溅花；遭断崖，就飞身而下，垂成瀑布；遇高山，就绕道而行，九曲十弯。水于天地之间，可滴滴，可涓涓，可滔滔，可江湖，亦可汪洋；也可或动或静，动则为涧、为溪、为江河，静则为池、为潭、为湖海。不管身处什么情境，水都自在无碍。

走到白云峡，眼前陡然耸起一道高岩挡住去路。仔细看，山体如被斧劈刀斫，两侧危岩夹峙，中间一道罅隙。有一架栈桥，支在岩隙中间，弯曲的峡涧如同一条幽长的深巷。

走进巷道，头顶上疏藤密蔓，只露出隐隐约约一线蓝天，光线陡然暗淡下来，行进的脚步也不自觉地慢下来。

栈桥下，水流湍急，哗哗作响；峡内岩壁湿滑，凉风习习。

据地质学家考证，白云峡的一线天是在地球造山运动后的冰川纪时期形成的，这里是峨眉山的一大地质奇观，也是山中的气候分界线。白云峡以里，群山险峻，气候清凉；峡谷以外，视野渐渐开阔，气温也高起来。

一线天，让我想到宋代显嵩禅师说的"罗刹与菩萨，不隔一条线"。

显嵩禅师祖上世代做屠夫。未出家时，他也是屠夫。一天，他把尖刀刺进猪的脖子，鲜血喷涌，他的大悲心、忏悔心也随之喷涌而出。他洞明心地，咚的一声扔掉尖刀，口诵一偈："昨日罗刹心，今朝菩萨面。罗刹与菩萨，不隔一条线。"

从此，屠夫出家做了和尚，后来成为大禅师。

禅师所说的"一线"，其实就是"一念"。人生多少事，善与恶、祸与福、悲与喜、缠缚与解脱……无不以一念为分界线。

溪流清澈，溪底有红黄青绿各色杂陈的石块。我走到小溪边，蹲下来，在流水中洗了洗手。溪边大小不一的石头，让我灵机一动，顺手捡起三块，在一块大石头上摆成一个禅坐的背影。

石头都不规则，要找到平衡点不容易。我调整了十数次，才大功告成。起身退后两步，不错！三千大千世界，世事如流水，禅者临水观心。如《普贤警众偈》所说："如河驶流，往而不返，人命如是，逝者不还。是日已过，命亦随减，如少水鱼，斯有何乐？当勤精进，如救头然，但念无常，慎勿放逸！"

关于禅者与流水，多年前，我写过一则"禅者与蝎子"。

禅者在恒河边禅坐，他听到水中传来挣扎的声音。睁眼一看，一只蝎子落在水中。他伸手把蝎子捞上来，但被毒刺蜇了一下。把蝎子放到岸上，他继续禅坐。

过了一会儿，又听到挣扎声。蝎子又掉到水里了。他又把它救上来，又被蜇了一下。他继续禅坐。

又过了一会儿，蝎子又落水了。他又要伸手救它。河边的渔夫挡住了他："你真蠢，不知道蝎子会蜇人吗？"

"知道，被它蜇两次了。"

"那怎么还救它？"

"蜇人是它的本性，慈悲是我的本性。我的本性不会因为它而改变。"

渔夫递给他一段干枯的树枝："慈悲没有错，但要有慈悲的手段。"

我摆弄这三块石头，贤友一直在一旁笑眯眯地看着。他很有耐心，待我摆好站起身子，他轻声问："你摆这个干什么？"

"像不像禅者临水观心？"

"观水，还是观心？"

龙树菩萨说，世人的心有三种：一种多变，见异思迁，就像在水面上写字，写下就消失了，丁点儿也靠不住；一种稳重，如同在沙滩上写字，虽然比水面上的稳定，但经不住风吹雨打、波浪冲洗；一种刚毅，就像把字刻到岩石上，经过一百年一千年的风吹雨淋，笔画依然清晰，毫不模糊。

贤友问："我是哪一种？"

我对他一笑，没有说话。自己的心是哪一种呢？对照一下就知道了。

02　万年三宝

今晚计划要住到万年寺。此时看红日西沉,顿感时光紧迫,不敢再在一线天逗留了。我对贤友、戒嗔说:"我脚痛走不快,你俩先赶到万年寺去登记住宿吧。"

从一线天到清音阁,转道古德林、白龙洞、大峨楼,到万年寺,一路都是上坡。在这片绿色的海洋里,我走得很辛苦,就像一尾逆流而上的鱼,艰难地游向上游。

能望见万年寺的山门时,我看到了戒嗔。他站在山门口向远处张望着,忽然从长长的台阶上跑下来。戒嗔跑到我身边,抬起胳膊看了看腕表,笑着说:"你走得很快呀!只比我们慢半个小时。"

笑的时候,戒嗔嘴巴张得很大。这几天在山中行走,没有防晒霜,戒嗔的脸比刚来时黑了许多。也好,他笑的时候,牙齿特别白。

戒嗔指着山门里的第一座殿,做起了导游:"这是弥勒殿,这座殿有点奇怪,正面是弥勒殿,背面是观音殿。"

"这有什么好奇怪的?殿里正面供着弥勒菩萨,背面供着观音菩萨,对不对?佛门讲慈悲,大慈与大悲是不能分开的。"

戒嗔呵呵一笑,他连声说:"有道理,有道理,师兄就是师兄。"

西南方有处,名光明山,从昔已来,诸菩萨众于中止住;现有菩萨名曰贤胜,与其眷属诸菩萨众三千人俱,常在其中而演说法。

弥勒殿左侧有通石碑,碑上刻有"第一山"三个大字。落款是米芾,宋代大书法家的名字。戒嗔问:"我再请教个问题:峨眉山为什么叫第一山?"

这个问题,我也没答案,对他摇了摇头。

暮色低垂,寺中的砖殿显得灯火通明。万年寺的建筑以赭红色为主,砖殿却通体明黄;不仅颜色与众不同,砖殿的造型也很奇特,上圆下方,像把口锅倒扣过来放在灶台上。殿顶建有五座白塔,中央的塔周围还卧着四只鹿。

"殿顶为什么放鹿?"戒嗔问。

这大概是纪念佛陀讲法吧。因为佛陀首次讲法,是在印度的鹿野苑,后来的寺院就以鹿的雕塑指代佛法流传世间。

说到鹿,峨眉山也有一段神奇的传说。东汉永平六年(63年),采药老人蒲公在山中见到鹿迹,他一路追寻,追到金顶,鹿迹不见了。这时,空中大放光明,蒲公抬头一看,空中出现了骑象而来的普贤菩萨。

在此之后,峨眉山始有寺院。山中最早的寺院是哪个?

有人说是万年寺,有人说是初殿,也有人说是卧云庵……莫衷一是。还好,这些寺院所在之处,都是蒲公追寻鹿迹走过的地方。

砖殿高高隆起的穹顶,不用一梁一柱,因此又叫"无梁殿"。穹顶的藻井上,围绕着四个衣袂飘扬的飞天,手握乐器,梵音满天。

砖殿中央,供有骑乘白色巨象的普贤菩萨铜像。像高七米,据说重六十余吨,铸造于北宋太平兴国五年(980年)。菩萨眉目清秀,面容和蔼,头戴五佛宝冠,手执如意,禅坐于象背驮的莲花座上。这头巨象有六只象牙,粗长的鼻子垂向地面,粗壮的四足踩着莲花,它目视前方,像正在迈步前行。

砖殿四壁,有千佛围绕,这一细节再现了《华严经·诸菩萨住处品》中的描述:"西南方有处,名光明山,从昔已来,诸菩萨众于中止住;现有菩萨名曰贤胜(普贤的另一译名),与其眷属诸菩萨众三千人俱,常在其中而演说法。"

《华严经》所说的西南方,本指印度半岛的西南方;在佛经译成汉语后,这段经文被借指为中国的西南方。

砖殿正门的"圣寿万年寺"五个大字,是明代万历二十八年(1600年)明神宗亲笔御题。据说万历皇帝还在万年寺供灯万盏。"万年"二字,隐含着他对江山永固的祈愿。

戒嗔说:"后面还有巍峨宝殿、大雄宝殿,明天再看吧。咱们先到住的地方去。"

第二天,见到知客源明法师时,贤友对法师一见倾心:"我一直不理解古人为什么把人比作玉树临风,今天见到法师,找到了答案。"

法师呵呵一笑:"不过是一具臭皮囊。"

说起万年寺,法师如数家珍,漱玉有声。

东晋隆安三年(399年),庐山东林寺慧远法师的弟弟慧持法师"欲观瞻峨眉,振锡岷岫",西行入蜀。慧持法师看到峨眉山象牙坡上有一佳处,背倚山岭,面对缓坡,视野开阔,就建起了普贤寺。

"寺里的白水池,看过了吧?池边那个绿绮亭,就是当年大诗人李白写下《听蜀僧浚弹琴》的地方。"法师的提醒,让我默默地回味起了这首诗:"蜀僧抱绿绮,西下峨眉峰。为我一挥手,如听万壑松。客心洗流水,余响入霜钟。不觉碧山暮,秋云暗几重。"

唐僖宗时(862—888年),慧通禅师住持普贤寺。禅师精通风水,他远观山势,发现最高处的金顶、千佛顶、万佛顶,三顶相连,如焰天火。当时山中寺院屡遭火灾,禅师想出了一个冲克的办法,把普贤寺改名白水寺。

"佛教认为,世间的一切,都是地、水、火、风这四大元素和合而成的。汉传佛教的四大名山跟这'四大'元素也是相应的。地藏道场九华山是'地';观音道场普陀山是'水',位于大海中间嘛;文殊道场五台山是'风';峨眉山这里是'火',有火就有光,这座山也叫'大光明山'。这不是我摆(龙门阵),这是地质学家讲过的,峨眉山是火山喷发形成的,山脚下至今还有很多温泉呢。"

北宋太平兴国年间,万年寺的茂真禅师奉诏入朝,宋太宗赐金三千两为寺院铸造了普贤骑象铜像,并将寺名改为白水普贤寺。

"明代的万历皇帝为他妈妈圣慈太后祝寿,又御题了'圣寿万年寺'。万年寺这个名字,就是这样来的,沿用至今。据说圣慈太后年轻时没有娃儿,她来峨眉山进香,夜梦佛光入怀,回去就生下了万历皇帝。我们佛门的菩萨能满众生愿,能解众生苦。四川人要求子,不用跑到普陀山找观音菩萨,来峨眉山就可以。"说着,法师笑起来。

"你们在山里走了这几天,有没有发现峨眉山的山峰像大象?"

我说:"洗象池下的钻天坡像垂下来的象鼻子。"

"知道吧,万年寺外的坡叫象牙坡!金顶悬崖,像不像大象的身子?你们留心一下,峨眉山的山峰不仅处处如象,还各个不同。藏族的《格萨尔王传》也讲到峨眉山是一头步履矫健的白色神象。巧不巧,是不是都很吻合啊?"

在万年寺,我们有缘观瞻到佛门"三宝":佛牙、贝叶经和金印。

金印,又叫"御印",十三厘米见方,是万历皇帝御赐的,印文为"大明万历敕赐峨山御题砖殿普贤愿王之宝"。贝叶经为梵文《法华经》,长五十厘米,厚约六厘米,共二百四十六页,据说是万历皇帝的母亲圣慈太后御赐给无穷禅师的。金黄色的佛牙,光润如玉,重达七斤,传说是宋代的峨眉山僧从锡兰(今斯里兰卡)请回的,明嘉靖年间由万年寺珍藏。

近一尺长的佛牙,让贤友困惑不已。他说:"释迦牟尼佛圆寂后烧出了很多舍利子,但是他的牙齿怎么可能这么大啊?"

法师说:"你这样说,也有道理。不过,这个虽说是佛牙,但没有说是释迦牟尼佛的啊!《华严经》里讲,法界有无数的佛国,有些佛国的众生身体非常高大。比方说《弥勒下生经》吧,未来弥勒成佛时,佛菩萨看地球人只有今天我们看蚂蚁那样大小。"

我想到《维摩经》中类似的故事。维摩诘问文殊菩萨:"您到过无数佛国,哪个佛国有上好的狮子座?"文殊菩萨说:"居士!东方有个须弥灯王佛教化众生的须弥相世界。须弥灯王佛身高八万四千由旬,他的狮子座,同样高八万四千由旬,那是我见到的最庄严的佛座。"

贤友说:"我问那个,你讲这个是什么意思?"

"由旬是古代印度的计量单位。一由旬指公牛一天能走的距离,换算成公里,大约有十一公里。你想想,须弥灯王佛身高八万四千由旬,换算成公里,得有多高?他的牙齿得有多大呢?你这样对比一下,还会觉得眼前这个佛牙大吗?"

03　观"心"坡上

从万年寺去息心所,要走过观心坡。这段路不险不陡,只是有些漫长。古人说"从善如登",向上的路走起来都不容易。"戒嗔,有没有闻到桂花香?"戒嗔点了点头。山路附近的树丛中,肯定有桂花树,否则不会飘出这么恬静的香味。

戒嗔问:"到息心所是为了看什么?你一路说脚痛,怎么就不在万年寺养养脚呢?"

戒嗔的不情愿,让我想到《善的脆弱性》,美国女政治哲学家玛莎·纳斯鲍姆的名著。纳斯鲍姆所说的"善",不是人类品格上的善,而是人类终极的幸福。幸福是脆弱的,有时甚至要依赖于好运气才能存在;愤怒是一种非理性的女性气质,对幸福有伤害;拥有幸福也会让人脆弱,因为没有人愿意面对痛苦;幸福之所以脆弱,也缘于人身体的脆弱。

"戒嗔,脚下这条路叫什么?"

他闷声闷气地说:"观心坡呗。"

"观心是佛法的核心。你知道吧?"

戒嗔沉默。

寂天菩萨把修心比喻成驯象。他说,心是一头大象,驯象的人用正念这根绳子从多个角度把大象绑住,为的是把象降伏。

净慧长老说:"除了在生活中修行,我们找不到其他的修行方式。"凡夫与菩萨的区别,就在于是否能照看好自己的心。有观照,生活中的大事小情都处理得恰到好处;没有观照,心就跟着情绪跑,大事小情一团糟。

"如果咱们不一步一步地走,坐在万年寺客房里,用心念'息心所''息心所'……咱们能到那里吗?"

戒嗔没说话,他嘿嘿地笑了起来。

山路漫长,不妨讲个故事打发寂寥。这个故事的原版,是我在北京禅村听隆藏法师讲的。既然身在峨眉山,就从峨眉山说起吧。

有个人想来峨眉山旅行,他找到旅行社咨询。旅行社的导游们都没到过峨眉山,他们对峨眉山的了解,主要来自旅行手册。

A导游说:"我听说,只要接连大声念普贤菩萨的名字,他就会把你接到峨眉山去。"

B导游说:"光念不行,你还得静静地坐着,观想普贤菩萨的模样。当你能观想得和菩萨合二为一时,你就身在峨眉了。"

C导游说:"光观想菩萨还不行,你还得观想峨眉山的山峰、流水、树木、花草……能观想出一座完整的山,你就……"

D导游递来一本有关峨眉山的旅行手册,真诚地说:"拿回去好好读吧,先读一百遍;如果读一百遍还不行,你再抄一百遍!"

E导游说:"你得穿上像样的衣服,戴上好看的帽子,再在身上喷点儿香水,把双手举起来做个拥抱峨眉山的姿势……"

F导游说:"我上师厉害,我领你去拜访他吧。你供养他,他如果高兴了,只要一加持,你就到峨眉山了……"

"旅行社的导游们说法各不相同,旅行者无法判断谁说得更对。为了证明自己最正确、最权威,导游们大声争吵起来。"

听到这里,贤友、戒嗔大笑不止。贤友意味深长地说:"这个故事里的水很深!"

"上山比下山费劲,你的脚还痛不痛?"贤友想起了我受伤的脚。

"比昨天痛。不过,我还能接受。"

观心坡上,静心观察受伤的脚,我心有所悟。行走的人真正了解自己的脚,才是知"足";能觉知自己身体的状态,才是知"己"。观心坡——这个名字有意思,走在这条路上,只有观照好自己的起心动念,才是在坡上观心。

山路有时笔直,有时曲折,有上坡,有下坡。人生的路就是脚下的路,每一步都不会白走。只不过,有时无明会设下深谷,有时傲慢会堆起山岗,有时目标不明确会使得道路变得曲折漫长。

戒嗔问:"你说观心是佛法的核心。在佛法中,心具体指什么?"

我问:"心字为什么有三个点呢?"

戒嗔摇了摇头。

我儿子四岁时开始识字。一天,他问我:"心字为什么有三个点?"我被问住了。还好,他妈妈帮我解了围:"这三个点,代表着过去、现在和未来。"儿子满脸困惑,妈妈爱抚着他的头说:"你长大了就会知道的,人的心有时装着过去,有时想着现在,有时装着未来。所以心字有三个点。"

对这个问题,在《金刚经》里佛陀给出了另一个答案:"过去心不可得,现在心不可得,未来心不可得。"

"佛教所说的'心',该怎么理解呢?"戒嗔又问。

在《禅源诸诠集都序》中，唐代的宗密禅师讲，心有四种：第一是肉团心，就是人的心脏；第二是缘虑心，就是人的意识，《心经》说的"眼耳鼻舌身意"中的"意"；第三是集起心，从心中生起的善念、恶念都集中在阿赖耶识中；第四是真实心，真实心是佛菩萨的心，又名"如来藏"。

"怎么观心呢？"

明代的莲池法师把心比喻成镜子，观心就像人观察镜子中的事物。镜子映照事物，没有憎恶，也没有贪爱，既不会主动去照，也不会刻意挽留，它更不会把物体的形象留在镜面上。

"镜子没有情感，人是有情感的。禅修者怎么观心呢？"

《心经》里讲："观自在菩萨，行深般若波罗蜜多时，照见五蕴皆空。"要照看好自己的心，就要训练自己的心，不让它追逐心里生起的念头到处跑。

贤友问："禅不是讲究顿悟吗？顿悟的人还需要天天训练心吗？"

禅宗是讲"顿悟"，但《楞严经》也明确说"理可顿悟，事须渐修"。就像人饿了要吃饭一样，吃饭是解决饥饿的道理，光明白这个道理不去吃，人也不会饱。

"我明白了！禅宗的《牧牛图》把修心的过程比喻成牧童放牛，就是这个意思吧？"贤友深入了一步。

"汉传佛教的禅师把修心比喻成牧牛，是因为华夏大地牛多。印度大象多，寂天菩萨把修心比喻成驯象。他说，心是一头大象，驯象的人用正念这根绳子从多个角度把大象绑住，为的是把象降伏。"

戒嗔说："普贤菩萨骑象上峨眉，他也得先把象驯服好。我觉得，菩萨骑象上山，应该不会走九十九道拐那边。你想，大象的身子那么大，那边山道那么窄，大象转个身都难啊！如果是我，我就选观心坡这边。"

山路两侧的草丛中开满野花。蝴蝶翩翩飞舞,取次花丛,一会儿在左,一会儿在右。两千年前,庄子看着自在的蝴蝶,忘记了自己是谁,忘记了自己在哪里,更忘记了生死这件事。

解决烦恼,道家的办法是"坐忘",佛家的办法是"观心"。

具体地说,禅坐观心有五种方法:"多贪众生不净观,多瞋众生慈悲观,愚痴众生因缘观,我慢众生差别观,散乱众生持息念。"

情欲重的人,修不净观;爱发脾气的人,修慈悲观;智慧不够的人,修因缘观;有自我优越感(傲慢心)的人,修众生差别观;心绪散乱的人,修数息观。修行就像修车一样,先找到哪里有故障,然后修哪儿,这叫如法对治。

观心坡上的我、贤友、戒嗔,每一个"我"都走得气喘吁吁。贤友抹着额头上的汗,悄悄问我:"出家人为什么非要到这么偏僻的地方修行呢?"

"佛门有个说法:禅师住的地方,至少要与弟子隔三重山。"

"隔三重山?这也太远了吧?"

远是远了点。但对弟子来说,如果连简单的长途跋涉都不愿接受,那求法的热诚又从何谈起?

04　空谷幽兰

息心所的山门前,台阶上站着一位身材颀长的法师。我对戒嗔说:"那位法师应该就是息心所的当家师延修法师。"

"你以前见过他?"

"没见过。感觉是。"说着,我喊了声延修法师。

法师笑着举起双手,合十胸前。

到客堂坐下,贤友问:"法师老家哪里?"

"出家了,不想再提俗家。"

"噢,你口音是南方的。"

"佛家不分南北东西。"

"你怎么选择来这里修行呢?"

"没有什么。都是缘分。"

话不投机,贤友没问出个子丑寅卯,有些失落。

午斋后,我问法师:"能带我们去闭关的地方看看吗?"

法师点了点头,他随即竖起右手食指:"不过,到闭关房那儿要轻步止语。"

贤友懒洋洋地说:"你们去吧。我有些累,想在这儿休息一会儿。"

没有森林,就没有枯枝;没有枯枝,就没有木柴;没有木柴,就没有茶;没有茶,就没有禅;没有禅,就没有隐士。

"我给你开间客房,你去躺一会儿吧。"法师说。

"谢谢法师,就不麻烦您了。我就在这儿坐坐吧,这儿离佛近。"

法师收住脚步,蓦然回首:"请你告诉我,哪儿离佛远?"

我知道贤友有些小情绪,伸手拉他从座位上起来:"朝山三人组,少一个也不行!走!"贤友一脸无奈,跟在后面。

走到后院,法师掏出钥匙,打开铁栅栏门,示意我们先走。他走在后边,随手把门锁上了。

法师快步走到我们前面。山路曲折狭窄,少有人至,丛生的野草把路面侵占了不少。山谷很静,法师脚步轻盈,健步如飞,我们在后面紧追慢赶,气喘吁吁。

忽然,法师转过身,将右手食指放到唇边,轻轻一"嘘"。山道右侧坡地上,有一座闭关房,是个红砖垒砌的小院落。院门紧锁,对联写着"百炼成钢息心悟真如,大浪淘沙清水现明月"。

再往前走,石头砌成的台阶变成水泥浇筑的小道,平坦,但坡度很大,人不得不放慢脚步。之后,水泥小道又分出岔路,如同走进小径交叉的花园。如果法师不带路,我们不知道该往哪儿走。

绕过一个小坡,看到一个闭关小院。砖砌的院墙,把一幢简陋的房子围在里面。院门是木头原色,门上斜贴着两道交叉的封条。对联十个字,却看得我一愣:"醒时无我笑,梦中有我哭。"

继续往深谷里走,翻坡越林,看到一道赭红色的围墙。这个闭关小院的对联是"炉香散罢蒲团破,淡云过后明月圆";院门上多了一块木板,上面用黑墨写着"懒云斋"三个大字,字迹周围长满青苔。

山道上枯叶杂陈,踩上去沙沙作响。第四个闭关小院,院门上空空如也,没有封条,也没有对联。

第五座、第六座、第七座……闭关小院大都建在阳坡上，小院各自独立，布局大同小异，中间是一幢三开间的房子，周围是院墙；院墙与房子中间留有空地，闭关者禅坐之后可以来院中行禅。

坡地上长满幼松，它们密密麻麻地挤在一起，各自向高处的阳光伸长臂膀。今天天气不错，天蓝云白，远山也很清晰。

闭关静修的僧人，远离尘嚣，隐居幽谷，以三年五年为期，专心禅修。与他们做伴的，是清冷的月光、月色下黑黝黝的青松、溪谷间潺湲的流水声……

息心所这些关房，让我想到古代禅师的诗："青山白云父，白云青山儿。白云终日倚，青山总不知。野鸟自啼花自笑，不干岩下坐禅人。"

在《月灯三昧经》中，佛陀说："若想到寂静地方去修行，向那个方向走出七步，其功德也大过供养恒河沙劫中的十方诸佛。"为表达对闭关者的敬意，回息心所的路上，每经过一处关房，我都俯身一拜。

回到息心所，刚刚坐下，延修法师单刀直入："有什么感受？"

有什么感受呢？我首先想到的是美国汉学家比尔·波特的《空谷幽兰》。

20世纪80年代，比尔·波特被中国历史上的隐逸文化所吸引，来到中国大陆。他遇到的第一个问题，就是不知道当代的中国隐士在哪里。在北京广济寺、中国佛教协会驻地，比尔邂逅了净慧长老。长老告诉他，陕西终南山里一直住着隐士。

走进终南山中的树林时，比尔兴奋起来："没有森林，就没有枯枝；没有枯枝，就没有木柴；没有木柴，就没有茶；没有茶，就没有禅；没有禅，就没有隐士……"

在比尔的想象中，隐士们"在云中，在松下，在尘壒外，靠着月光芋头过活，除了山之外，他们所需不多：一些泥土，几把茅草，一块瓜田，数株茶树，一篱菊花，风雨晦暝之时的片刻小憩"。现实中的隐士却让比尔大吃一惊。他们远离现代文明，深居山林，过着孤苦清贫的生活，白日以芋头为粮，夜晚靠月光照亮，没食物时靠松针果腹。

有位隐修者告诉比尔："你必须修禅。如果你不修，你永远也不能突破妄想。你还要持戒。如果你不持，你的生活就会一团糟……这就像生火。你不但需要火种，还需要木柴和空气。少了一样，你就没办法生火。开悟也是一样。"

《空谷幽兰》记录了比尔·波特寻找中国当代隐士的经历。该书出版后，在欧美掀起了了解中国传统文化的热潮。比尔再次来北京，将英文版新书送给净慧长老。长老感觉这本书很有意义，叮嘱弟子明洁居士译为中文在大陆出版，畅销至今。

此刻，延修法师问我，我脱口而出："空谷幽兰。"

在山谷走了一遭，贤友开心许多，他问："法师，息心所是什么意思？"

法师说："息—心—所。心，你知道吧？"

贤友"嗯"了一声："心所呢？"

"心所，就是心所执着的。息心所，就是让心远离执着。"

"让心远离执着就是禅？"

"禅首先是对思维的训练。在日常生活中，人们的思维是无序的。禅修帮助人把无序变成有序。"

"怎么修呢？"

"闭上眼睛，静静地坐着，看顾好自己的心。"

"闭上眼睛,能看到什么?"

"也许比你睁着眼睛看到的更多。"

"禅修很难吧?"

"做什么事不难?不想做,总能找到借口;想做,总能找到办法。"

"不是说在哪里都能禅修吗?他们为什么非要到这里来呢?"

"尼采说:那些听不见音乐的人,认为那些跳舞的人疯了。"

"禅修是和自己的欲望战斗吗?"

"不是跟欲望斗,是跟心斗。欲望是从心里生出来的,禅修是训练这颗心安静地观照自己,不跟着欲望到处跑。"

"这个过程是享受,还是受苦?"

"心甘情愿去做,别人看你受苦,自己也在享受;心不甘情不愿,别人看你享受,自己也是受罪。"

唇枪舌剑,你来我往,贤友被彻底折服了:"法师,您看我能出家吗?我想在这里留下来。"

法师欢喜地说:"好啊!你可以先留下来住一段。如果能适应,我给你剃度。"

我给贤友浇下一盆冷水:"打咱们认识以来,你数过自己许下了多少愿吗?许下的愿,如果不兑现,就是欠下的债!这些债,如果这辈子还不了,下辈子还要慢慢还。"

法师提醒我:"有人发心出家,你应该随喜。"

"如果他真发心,我阻挠一下也会成为动力。"

法师听了大笑。

"贤友,先别说闭关了。说点儿现实的,你先把手机交给法师。扔掉手机,就是最简单的闭关。试试看,你会怎样!"

贤友吃惊地瞪大眼睛,转脸问法师:"不能带着手机去闭关吗?"

法师点了点头:"闭关,就是关闭。不放下手机,怎么关闭你跟外界的联系呢?如果总有牵挂,心又怎么专注呢?"
　　贤友一听,沉默不语。

05 峨眉为何是"第一山"

回到万年寺,源明法师邀我们去喝茶。

法师房间整齐干净。茶桌对面,墙上挂着一张敦煌风格的观音菩萨像。供桌上的普贤菩萨像,端坐象背,手托如意,作说法状。我注意到,供桌上有一块小石头,纹理天然,在阳光下闪闪发亮。

我拿起这块小石头,问法师:"这是峨眉山的菩萨石吗?"

"什么菩萨石?"法师反问我。

有一本《话说峨眉山》,其中讲到,在大坪、洪椿坪一带的树林里,采药人偶尔会遇到一种晶莹透亮的小石头。这些石头形状不一,小如胡豆,大如鹅蛋,有的里面还有图案。山志记载,迎着太阳看,这些石头能透光,因此叫"菩萨石"或"放光石"。

法师笑着说:"有一天,一位小朋友跟他爸爸妈妈来喝茶。他喜欢我这里的菩萨,就把这块小石头留下来供养给菩萨啦。"

喝茶时,手机响了,是净慧长老打来的。

听说我在峨眉山,长老说:"哦,真是巧!你在峨眉山,我在老祖寺,这两个地方都是千岁宝掌和尚待过的。千岁宝掌和尚,你知道吧?他先在峨眉山的宝掌峰修行,后来到黄梅创建了老祖寺。如果在山里遇

赵州禅师有个"吃茶去"的公案。今天在峨眉山,请你们喝一杯赵州茶。

到他老人家住持过的道场,记得进去拜一拜。"

挂掉电话,源明法师问我:"你师父是哪位法师?"

"中兴赵州柏林禅寺弘扬生活禅的净慧长老。"

法师一听,欢喜地双手合十:"这个老和尚,我知道的,他很了不起啊!他倡印了很多佛教书籍,推动了佛教的发展啊。"

说着,法师端起公道杯,把茶分到我、贤友和戒嗔眼前的盏里。

"赵州禅师有个'吃茶去'的公案。你是老和尚的徒弟,我就不饶舌了。来来来,今天在峨眉山,请你们喝一杯赵州茶。"

茶聊间,我想到了戒嗔问的那个问题,于是请教法师:"寺院立的米芾'第一山'那通碑,是怎么回事?峨眉山为什么叫'天下第一山'?"

法师呵呵一笑:"这跟净慧长老刚才提到的千岁宝掌和尚有关啊!"

宝掌和尚,是著名的"佛门寿星",传说他活了一千零七十二岁。他的传奇人生,记载在佛教典籍《释氏稽古略》《五灯会元》里。

公元前414年,宝掌出生在印度一个婆罗门种姓的家庭中。出生后,他左手一直握拳不展。父母觉得他与众不同,七岁时送他出家。在寺院看到佛陀像时,他紧握的左拳伸展开了。掌心露出一颗明珠,他把明珠献到佛前。此事在当地引起轰动。师父因此给他起了"宝掌"这个法号。

宝掌出家为僧时,佛陀已经入灭。宝掌慨叹自己福报不够,晚生七十多年,无法亲耳聆听佛陀的言教。他深入地研究经藏,以戒为师,精进修行。

东汉末年,宝掌云游来到中国。他先到峨眉山朝礼普贤菩萨,在山中结茅而居,静心禅修。他居住的山峰,就是今天的宝掌峰。

当年蒲公采药追寻鹿迹到金顶,在天空中见到菩萨显现,但不知道是哪尊菩萨。他找到宝掌和尚咨疑。宝掌告诉他:"这是普贤菩萨的显现。"

后来,宝掌下峨眉山,在华夏大地上行脚,留下"行尽支那四百州,此中偏称道人游"的传说。

传说在五台山金刚窟,他拜访了文殊菩萨;在义丰郡(今湖北黄梅)双峰山,他兴建了一座"老祖寺"——这座寺院后来荒废,近年又由净慧长老主持重建;在庐山,他拜访了印度高僧耶舍尊者;在浙江雁荡山,他拜访了印度高僧博具那尊者;在浙江义乌双林寺,他拜访了著名的在家居士傅大士。

宝掌问傅大士:"如何是正法眼藏?"

傅大士说:"空手把锄头,步行骑水牛,人从桥上过,桥流水不流。"

宝掌又问:"这是教外别传吗?"

傅大士说:"碧水映孤峰,寒潭迎皎月,你我不知宗,须弥足底越。"

不久,听说达摩禅师来到梁朝首都建邺(今江苏南京),宝掌又赶去拜访,咨询禅悟心要。

达摩禅师见到宝掌,高喊一声"老法师"。宝掌应答,达摩大笑。在达摩的笑声中,宝掌开悟的机缘当下成熟!

在他心中沉淀了七百多年的困惑,一时冰消雪融。

之后,宝掌回到峨眉,登上金顶俯瞰群山,赞叹说:"此山无峰不绿,有岭皆秀,高出五岳,秀甲九州,诚震旦第一山也。"

震,在《易经》中指东方;旦,是太阳升起的地方。震旦,是古印度人对中国的尊称。从这段传说可知,峨眉山"第一山"的美誉,来自千岁宝掌和尚。

唐高宗显庆二年(657年),千岁宝掌和尚一千零七十二岁。这一年七月初七,宝掌和尚在浙江会稽云门寺示寂。临终前,他对徒弟说:

"本来无生死，今亦示生死。我得去住心，他生复来此。"

听完这段故事，贤友禁不住问法师："这个世界上真有活了一千岁的人吗？"

法师没有正面回答他，而是给他又倒了一杯茶："来，喝茶、喝茶。"

我心里惦记着净慧长老的叮嘱，既然来峨眉了，就该找到千岁宝掌和尚住持过的寺院去拜一拜。但是，山中哪些寺院是宝掌和尚住持过的呢？

我问源明法师。法师略一迟疑："这个，我也一时说不好。"

我忽然想起在洪椿坪见到对联上有"宝掌驻锡"四个字。洪椿坪那里，宝掌和尚去过，我前天拜过了。宝掌和尚上过金顶，金顶我也拜过了。

"法师，宝掌峰在哪里呢？"

"这个啊，我可以告诉你。来——"说着，法师把我带到走廊里，他指着万年寺外的一座远山，"看！那里就是宝掌峰。"

顺着法师手指的方向望过去，青山层叠，群峰耸绿。法师指的是群峰中的哪一座呢？我还是搞不清楚。

法师说："宝掌峰就在大峨那边。可惜宝掌和尚住过的宝掌庵现在只剩下传说啰。宝掌峰下原来有座大峨寺，现在也没有啦。噢，大峨寺就在圣水阁附近。改天你们到圣水阁，记得进去讨杯茶哟。喝圣水泡出来的茶，或许一杯，你就明心见性啦！"

陆

行愿者之歌

01　大禅师

脚伤处有些发炎,我浑身乏力,可能有些发低烧。

戒嗔从寺院居士那里借来碘伏、棉签、纱布、医用胶带。他用棉签蘸足碘伏,帮我清理伤口。我痛得龇牙咧嘴:"哎哎呀呀。"戒嗔停住手说:"我动作很轻啊!"

寂天菩萨说:"身上有疮的地方,最容易被碰痛。"

"脚伤可要重视,搞不好会闹大。抹了药先不要包扎,光脚晾晾好得快。"源明法师安慰我,"我看,这也是菩萨让你在山里多住两天。"

处理好伤口,我请戒嗔把药品还回去。没过多久,他又拿了回来。"那位居士说,用一次还一次太麻烦,让先留着用吧,走的时候再还。"

源明法师接了个电话,有访客来,他匆匆离开。

戒嗔在床上躺下,伸着懒腰:"这几天走得太辛苦啦,我的腿和腰也痛啊。"

贤友来了一句:"谁不痛呢?只不过有人能忍住不说。"

蓝天白云,又是好天气。三人静静地躺着,享受这份安谧,谁也不说话。真正的朋友在一起,不一定总是说个没完,即便不说话,也不冷

世界是一本书,不旅行的人只看到了其中的一页。

场,不尴尬。

阅读是心灵的旅行,旅行是身体的阅读。在峨眉山,我们这样干巴巴地躺着吗?我提议说:"贤友、戒嗔起来,咱们一起读读《普贤行愿品》吧!"

美国思想启蒙者爱默生说:"两个人如果读过同一本书,他们之间就有了一条纽带。"在普贤道场峨眉山,我们一起读《普贤行愿品》,彼此的友谊不仅多了一条纽带,这条纽带还把我们和菩萨连在一起。

"我不想动。我读过很多书,大部分都忘了,读了也没有什么用。"戒嗔懒洋洋地说。

读书没用吗?林徽因说:"当我还是孩子时,我吃过很多食物,现在已经记不起吃过什么了。但可以肯定,它们中的一部分已经长成了我的骨头和肉。读书对人的改变也是如此。"

在以色列,新生入学时,犹太教的拉比会告诉他们:"这世上有三样东西是别人抢不走的:一是吃进胃里的食物,二是藏在心中的梦想,三是读进大脑的书。"

戒嗔嘴上说不想动,还是从床上坐起身,问:"什么是行愿?"

"心中有愿望,身体有行动,就是行愿。在密教中,普贤菩萨被称作'金刚手''金刚萨埵',他超强的执行力可是众多菩萨的典范。"

我把《普贤行愿品》递给戒嗔说:"人如果不读书,即便行万里路,也只是个邮差。世界是一本书,不旅行的人只看到了其中的一页。身在峨眉,不读《普贤行愿品》,又怎么能体会到菩萨的心呢?"

阳光明媚,三人围坐桌前。贤友问:"佛经应该怎么读?"

"读经有三种方法:一是口读心听,嘴巴读出来的,耳朵能听到明明白白;一是随文入观,脑海里要把文字变成场景;一是读文解义,像学者研究经文那样,一字一句地琢磨。咱们简单点,一句一句,从头读到尾就好了。"

半个小时过去,"一者礼敬诸佛,二者称赞如来,三者广修供养,四者忏悔业障,五者随喜功德,六者请转法轮,七者请佛住世,八者常随佛学,九者恒顺众生,十者普皆回向",普贤"十大行愿"的种子播进心田。

戒嗔说:"我一直觉得禅没有次第,不知道从哪儿下手。历史上的大禅师们都像武侠小说里的高手,能飞檐走壁,眼前有座宝塔,几个纵跃就上去了。我们俗人哪会那样洒脱?读这卷经,感觉普贤菩萨为我打开了门,我踩着楼梯就能到最高处看风景了。贤友,你呢?"

"普贤菩萨像个大禅师,他不谈玄说妙,也不搞天花乱坠那一套,脚踏实地教你怎么修行。《行愿品》更像普贤菩萨的修行心得。善财童子问他,他就毫无保留地说了。"

"贤友、戒嗔,《普贤行愿品》是《华严经》的最后一品。善财童子在见普贤菩萨之前,已经参访了五十二位善知识。他发现,虽然善知识各有各的修行方法,但普贤行愿法门却能把大家的修行方法统摄到一起。可以说,《行愿品》勾勒出了最完善的修行路线图。"

读莎士比亚,一千个读者有一千个哈姆雷特。读《普贤行愿品》,三个人各有各的体会。这有点像《长阿含经》里"盲人摸象"的故事。同一头象,摸到象牙的人说像萝卜,摸到象耳的人说像蒲扇,摸到象腿的人说像柱子,摸到象尾巴的人说像绳子,摸到象身的人说像一堵墙……

"读完这卷经,我发现,修行不是为了追求神秘的体验,也不是为了获得超常的能力。修行是让心更慈悲、更谦和、更清晰、更快乐。"

贤友感触很深，他把普贤菩萨视为大禅师不无道理。

其实，《行愿品》说的也是学禅者的本分事、平常心。净慧长老弘扬生活禅，就立足在"平常心""本分事"上。生活禅根本道场、河北赵县柏林禅寺大殿门口的对联，就是"本分事接人，洗钵吃茶，指看庭前柏树子；平常心是道，搬砖盖瓦，瞻依殿里法王尊"。

净慧长老说，修学生活禅，要"朝诵《行愿品》，暮读《金刚经》"。早晨起床，读《行愿品》，走出家门做事时，以普贤"十大行愿"为指导，就能利益众生；晚上睡前，读《金刚经》，把白天所做的"一切有为法"，无论圆满还是未圆满，都放下。

"老和尚提倡生活禅，不就是普贤行愿吗！"贤友孤明先发，也让我刮目相看。佛经中讲，人的眼睛，其实是业力为人准备的；如果没有培养起圆融的知见，人只能看到业力想让你看到的那一部分。

之前，我曾设想过长老慈悲如观音，智慧如文殊，大愿如地藏，忍辱如弥勒，但没把"在生活中修行，在修行中生活"往普贤行愿这儿想。现在想想，长老日常生活待人接物的每一刻，不都是普贤行愿吗？

净慧长老接待信众，即便对方提的问题很浅显，他也耐心作答。

问："家里人反对我学佛怎么办？"

答："那是你没有学好。学好了，家里人会很欢喜。"

问："显宗好还是密宗好？"

答："你告诉我：爸爸好，还是妈妈好？"

问："社会上的假乞丐太多了，怎么布施啊？"

答："那要问问你的慈悲心是真的，还是假的？"

问："怎么修行才能知道自己的前世？"

答："你更该问问怎么修行才能把握自己的今生。"

问："为什么我经常放生，事业还是很不顺呢？"

答:"放生可不是跟佛菩萨做交易啊。"

……

净慧长老经常说:"学佛的人不要抱怨这个世界这里不好那里不好。如果这个世界不好,我们也有责任。"长老和普贤菩萨一样,他心中所想及身体力行的,就是"不为自己求安乐,但愿众生得离苦"。

02　行愿者之歌

戒嗔直来直去，心里藏不住话，他问："就像你说的，佛的本意是觉醒，礼敬诸佛也就是做拜佛这个动作，就能让人觉醒吗？"

佛是已经觉醒的众生，众生是尚未觉醒的佛。佛需要人们拜他吗？不需要。拜佛只是帮助唤醒我们沉睡的心。佛法犹如大地，虔敬心是种子。心怀虔敬俯身一拜，就像在大地种下一粒种子。大地需要种子吗？不！你给大地粒粒种子，大地就会送给你一个沉甸甸的金秋。狂禅者认为学佛不必拜佛，是他把虔敬与欲望弄混淆了。

"觉醒的人是什么状态呢？"

人一旦觉醒，就不再执着于以自我为中心。美国哲学家诺齐克说，佛教徒的"无我"，不是否定自我的存在，而是不再以自我为中心。礼敬诸佛时，可以自问："我是在礼敬诸佛，还是想满足自己的私欲？"

"念佛的名字，就是称赞如来？"

佛陀是已经觉醒的人，念他的名号，有见贤思齐的意思。净慧长老说："我们的心是一个阵地，你不用佛号占领它，妄念就会占领它。"佛法修持的核心是保持心灵的觉照。连续念佛号，能帮助人把散乱的心变得有序。

真正的禅修者,不是念珠的收藏家,不是各大寺庙的旅行家,也不是素食小资者,更不是避世的隐居者、俗世的慈善家……

"广修供养,只是为了满足僧人的生活?"

供养就是布施,布施是用自己拥有的去帮助他人。帮助的范畴,是所有需要帮助的人,并不局限于僧人。从因果等流的角度说,人给予这个世界的,也将是这个世界要给予你的。帮助他人越多,未来可期许的幸福就越多。修供养也需要智慧,一是让自己心生欢喜,一是不激起他人的贪欲。

"没有业障,也要忏悔吗?"

只要没从梦中醒来,就会犯错误。谁敢说自己没业障?可能犯了很多错,自己不知道。学佛者也会犯错误,这不可怕,可怕的是掩饰自己的错误。如果病人向医生隐藏病情,医生怎么诊断呢?

"随喜功德这个词好怪啊,怎么理解呢?"

随喜,就是看到有人做好事,你也跟着开心,或用言语赞叹,或上前出一把力。乐称人善,与人为善,助人为乐,就是随喜功德。看到他人有好事,心量小的人往往会心生嫉妒;随喜功德能帮助我们克服嫉妒,还能扩大心量。

"请转法轮呢?"

真正的禅修者,不是念珠的收藏家,不是各大寺庙的旅行家、禅修爱好者、佛教史论家,也不是造像研究者、素食小资者,更不是避世的隐居者、俗世的慈善家……

真正的禅修者,是持续地观照自己起心动念的人,是因果的敬畏者、轮回的厌倦者、利他心的践行者、不以自我为中心的人……

"释迦牟尼佛已经不在世间了,怎么请佛住世、常随佛学呢?"

在生活中实践佛陀的觉醒之道,就是请佛住世。佛陀是通过禅修觉醒的,我们也尝试练习禅修,就是常随佛学。禅修的目的是培养觉知,没有觉知,这个世界再美好,也与你我无关。

"恒顺众生怎么会是修行呢?"

一般的人对自己不愿听、不愿见的人或事,首先是拒绝,进而会嗔恨;如果认为自我受到了伤害,会随即生起烦恼。能不能"恒顺众生",就像是用来检验禅修者体认无我深浅程度的浮标。它提醒禅修者淡化自我,多为他人着想。

"我想与人为善,可如果人家不善待我呢,怎么办?"

那就退一步,保持距离,去做自己该做的事情好了。恒顺众生,也不是刻意地委屈自己,而是尽可能欢喜地广结善缘。

就像诺贝尔和平奖获得者特蕾莎嬷嬷说的:"要确保每个见到你的人,在分手时,都感觉到更快乐、更美好!"比如说,与老人相处时,能照顾他的自尊;与男士相处时,能顾及他的面子;与女人相处时,能包容她的情绪;与同事相处时,能尊重他的尊严;与年轻人相处时,能接受他的直爽;与孩子相处时,能欣赏他的天真。

说到"恒顺众生",佛陀可谓示范。

有个印度人非常悭吝,别说布施,就连"布施"这两个字他也不愿说出来。为度化他,佛陀递给他一把草说:"左手代表你,右手代表他人,把左手的草递给右手吧。"即便如此,那人也不肯做。

佛陀说:"把左手的给右手,然后,再把右手的给左手,你没有任何的损失。"

后来,那人尝试着做了,并且慢慢打开了心结,进而开始广行布施,广结善缘。

"佛陀这样做,太善巧了!"贤友由衷地赞叹。

还有一次,有人供养佛陀几块糖。一个乞丐特别眼馋。佛陀知道他的心,说:"糖可以给你,但你得先说'我不需要这些糖'。"乞丐不肯说，但他又想吃糖，纠结了许久，费劲地说出："我不需要……"佛陀笑着把糖递给了他。

阿难问："既然要给他，为什么还要他说那句话呢？"

佛陀说，在以前的生命轮回中，这个乞丐从不说"我不需要……"，而总是说"我要……我要……我要……"。因为不知足，他每一生都是乞丐。从刚才那句"我不需要"开始，他突破了内心的贪欲，命运从此改变啦。

还有一个人生性吝啬，不肯把东西给人，不喜欢听别人说"把你的……给我"。一天，他不小心掉进河里，水流湍急，危在旦夕。菩萨伸手给他说："快把你的手给我。"那人说什么也不愿把手伸过来。菩萨洞悉他的心，换了个说法："快把我的手拿去。"那人马上把手伸了过来。

"太有意思了，再说说普皆回向吧。做了放下就好了，回向岂不多此一举？"

亚当·斯密在《国富论》里说："屠夫、酿酒商、面包师为他人提供食品，不是出于仁慈，而是为了得到回报。"在市场经济中，商品不再是简单的物质交换，已进而演变为人与人之间的交流，成为生产者和消费者之间的文化认同、情感交流和思想传递。人做利他的事，既是自利，也是相互成就。

有些人怕做回向，是他不知道：人做善事只是传递善的管道，不是拥有……回向有时就是分享。就像天主教神学家圣巴西略说的："你未曾食用的面包，就是饥渴者的面包；你悬挂在衣柜里的长袍，就是赤身露体者的衣服；你不穿的鞋子，就是赤足者的鞋履；你深锁的钱财，就是穷人的钱财；你不愿践行的爱德，就是诸多你所犯下的罪过。"

戒嗔喜欢读《普贤行愿品》中的偈颂，他说："这一行行的诗，朗朗上口。为什么没人谱曲来唱呢？像齐豫那样'唱经给你听'，多好！"

数年前，佛教音乐人、原创歌手黄帅推出过唱诵版的《普贤行愿品》。

"噢。是啊！他的CD叫什么？"

"就叫《普贤菩萨行愿品》。"

戒嗔摇了摇头，说："为什么不叫《行愿者之歌》？既然出唱片，就该起个通俗易懂的名字。"

贤友对戒嗔赞许说："你很有见地！"

03　喜悦是心灵的食物

"如果小偷偷到一个钱包,他很高兴,我能随喜吗?"戒嗔问。

"只有随喜善行,才有功德。随喜不善的行为,会在心里种下恶的种子,带来恶果。"

什么是善恶?能利益他人,就是善;伤害他人的利益,就是恶。什么是功德?"行善为功,积善成德","修身是功,修心是德"。

"随喜功德会不会抢走别人的功德?"

有位老婆婆喜欢绕塔,别人问她绕了多少圈,她说:"我不想告诉你。因为你一随喜,我就没功德了。"

显然,她误解了随喜的意义。佛陀在《四十二章经》中说:"看到别人布施,你以欢喜心赞叹,福报也非常大。"有僧人问:"随喜的福报到底有多大?"佛陀说:"好比有人点燃火炬,成百上千的人拿着火炬前来借火,驱散黑暗。虽然点燃了众多的火炬,这支火炬没有任何损失,反而得到更多光明。福报也是这样。"

如果有人随喜,老婆婆绕塔的功德不仅不会消失,还能引发更多的善行,就像一支火炬引燃更多火炬,她的功德也会倍增的。

"假如有人做供养,我在一旁随喜,功德跟掏钱的人一样吗?"

你不快乐,每一天都不是你的,你只是虚度了它。无论你怎么生活,只要不快乐,你就没有生活过。

真正的随喜,不是投机取巧,更不只是嘴上说说,而是欢喜地参与其中。只用言语随喜,就像寒冷时在纸上画出一堆火,妄图从中得到温暖一样。

戒嗔感叹说:"佛学太难懂了。二谛、三学、四无量心、五根五力、六度万行、七菩提分、八正道、九品往生、十大行愿……这七七八八,没让你烦恼过?"

"如果不学,我们就没有烦恼是吗?"

"那倒也不是。"

佛陀教众生觉醒,不是为了增加众生的烦恼,而是让众生"离苦得乐"。换句话说,佛法是能给人带来快乐的。

来峨眉之前,一天,戒嗔驾车上高速公路,被其他的车撞了一下。虽然有惊无险,但还是给他留下了心理阴影;来朝山,他是想借佛光驱散心底的暗影。

"我开车遵守交规,就像佛教徒持戒一样。我种的是善因,为什么会遇到被撞的恶果呢?"

"按交规开车是善因,没错,但被撞的恶果是这个善因带来的吗?"

戒嗔想反驳我,他张了张嘴,没把话说出来。

"你再想想,如果你那天没上高速,如果那个司机没在电话里跟老婆吵架……撞车这件事还会发生吗?"

"你的意思是说这场车祸是注定的?"

"英国科学家斯蒂芬·霍金说,有些人相信一切都是命中注定的,但他过马路时,依然会左看右看。事情都不是孤立的,是众多因缘的和合。从因果的角度说,你被撞这件事,即便过错是别人的,业障一定是自己的。"

戒嗔一脸的不解:"我按交规开车,也是业障?"

"你按交规开车,只能保证你不错,但无法保证别人不错。"

"那他为什么偏偏撞我?"

"他出错是因,撞上你是果。为什么是你和他一起承担了这个结果呢?有一种可能:在过去的某一世,你和他结过恶缘,成为这场车祸的因。这些年来你倾心禅修,得到了三宝的加持,所以虽然车被撞了,只是虚惊一场,你身心无恙。从因果的角度说,这一撞,把你和他之间的恶缘了结了。"

戒嗔的脸色多云转晴:"如果真像你说的,那也不错。"

我说:"随喜你的功德。"

戒嗔一愣:"我有什么功德?是你解开了我的心结,你有功德。"

《普贤行愿品》中不仅讲到"随喜功德",还讲到"若令众生生欢喜者,则令一切如来欢喜"。在万年寺,我帮戒嗔解开心结,让他心生欢喜,普贤菩萨看到了也会欢喜的。

此刻,我想到《嘉言集》中弘一法师抄的那句话:"天地不可一日无和气,人心不可一日无喜神。"心生欢喜,是有功德的,因为天地间多了一份喜悦。

在寺院用斋,餐前念诵的《供养偈》,其中有"禅悦为食,法喜充满"的句子。佛门认为,五谷是身体的食物,喜悦是心灵的食物。

唐代澄观法师在《华严经疏》中把"心生欢喜"称作"法喜食",把"心常喜乐"称作"禅悦食"。食物可以滋养人的肉身,喜悦是能滋养心灵的食物。当然,不禅修的人,吃不到"禅悦食"。

心灵缺乏喜悦,就像肠胃缺乏食物一样,饥饿会让人煎熬难耐,从失去希望到进而绝望,甚至陷入抑郁。人在欢喜时,心脏会分泌出缩氨酸荷尔蒙,也叫血管扩张因子,它能提升人体的免疫力,在二十四小时内杀死体内百分之九十五的癌细胞。喜悦不仅是心灵的食物,更是治愈疾病的良药。

《华严经》把菩萨的修行次第称为"十地";地,可以理解为"台阶"。第一级台阶,就是"欢喜地"。欢喜是菩萨的基本特征。在佛门中,阿罗汉或许会愁眉苦脸,但佛菩萨大都满脸欢喜。有时,喜悦也是禅修者的试金石。

看一个人在禅修中是否得到受用,可以看他在生活中是否充满欢喜。一个人如果学禅多年,眉眼之间依然做不到风调雨顺,那就表明他还没体会到法味;也就是说,智慧的火焰还没能融化他心中无明的冰块。

满心欢喜的人,往往福报大、善缘多。英国影星奥黛丽·赫本对此深有体会,她说:"若要优美的嘴唇,要讲亲切的话;若要可爱的眼睛,要看到别人的好处;若要苗条的身材,把你的食物分给饥饿的人;若要美丽的头发,让小孩子一天抚摸一次你的头发;若要优雅的姿势,走路时要记住行人不止你一个。"

"你不快乐,每一天都不是你的,你只是虚度了它。无论你怎么生活,只要不快乐,你就没有生活过。"说出这句话的费尔南多·佩索阿,不像个诗人,更像是禅者。

有一扇门,隐藏在每个人的生命里。推开它,便是霁月光风的一片天地。打开这扇门的钥匙,就是"欢喜"。很多人没有意识到,自己并没有从小养成欢喜的性格,虽然没有人愿意活得悲苦。

养成欢喜的性格,就跟种树一样。种树的最佳时机是十年前,如果那时没种,现在也是最好的时机。要养成欢喜的性格,只需"自己和自己比,今天和昨天比";做个喜悦的人,诀窍就是"简单、重复",从脸上多点儿笑容开始吧。

04 看得破,忍不过

戒嗔说:"谁不想欢欢喜喜过日子呢?人在生活中有很多事,就算看得破,也忍不过的。好多时候,人难以咽下这口气!"

贤友被触动了,他说:"的确是这样。"

面对伤害,心里又咽不下这口气,该怎么做呢?如果不能理性地对待,本能地做出反应,又会是什么结果?

一条蛇钻进木工店,爬行中遇到锯子,它的尾巴受了点儿伤。蛇本能地转过身去咬锯子,结果嘴巴又受了伤。蛇迅速做出判断:锯子在攻击它!于是,它用柔软的身体一圈圈缠住锯条,然后发力,试图让锯子窒息。然而,越缠越紧的蛇,最终把自己干掉了!

有时,外界的伤害未必会造成毁灭,内心的纠缠却把人推进了深渊。面对伤害时,如果能理性、冷静地进行判断,往往又能将错就错,把本来对己不利的结果扭转过来。

就像普贤菩萨那样,"以忍为力"。

"以忍为力,有意思。具体怎么操作?"贤友的求知欲上来了。

说到具体的禅修,离不开见地、修证与行愿。普贤菩萨的见地、修

刚开始禅修的人,遇到顺缘往往会沾沾自喜,以为这就是佛菩萨的加持;遇到逆缘时,又可能会怀疑修行的意义。

证与行愿，完整地记录在《华严经》诸品之中。

《华藏世界品》说到了普贤菩萨的"见地"，"一切处无非是佛土，一切时无非是佛事"。

《普贤三昧品》谈到了普贤菩萨的"修证"，他擅长禅定，他能够进入一切诸佛的禅定境界之中。

除了今天的《普贤行愿品》，《华严经》诸品中谈到"普贤行愿"的还有很多。如《毗卢遮那品》中，普贤菩萨指出相信因果的重要性；在《如来出现品》中，他指出修行成佛的基础，就是力行善行；在《入法界品》中，他强调了行愿的殊胜；在《十忍品》中，他讲到了"以忍为力"。

菩萨提到的"十忍"，指音声忍、顺忍、无生法忍、如幻忍、如焰忍、如梦忍、如响忍、如影忍、如化忍、如空忍。他说："若得此十忍，即能于一切佛法无碍无尽。"

当然，菩萨强调"十忍"的前提，是他清晰地认知到，世间一切的现象，无不是因缘和合而成的，就像魔术、梦、海市蜃楼、空谷足音、镜像、影子、虚空一样，变化无常；禅修者需要做的，不是执着心外的这些现象或情境，而是如实地观照好自己的心。

刚开始禅修的人，遇到顺缘往往会沾沾自喜，以为这就是佛菩萨的加持；遇到逆缘时，又可能会怀疑修行的意义。当然，"以忍为力"，也不是刻意地憋屈自己的心，而是不被外在的现象干扰，让自己的心始终保持觉照。

菩萨知道，逆境是提升禅者忍辱力的特殊的加持。菩萨的忍，有时不仅是忍辱，甚至"闻过则喜，避誉如谤"——面对称赞，也不因欢喜而忘失觉照。

"怎样提升忍的力量呢？"贤友问。

以忍为力的前提，是观照好自己的心，不被外境干扰。练习"止语"，保持沉默，是训练观照的前提。

佛陀在祇园精舍讲法时，来了一个腆着大肚子的美女。她对僧众说："你们都上当了！释迦牟尼是个大骗子！别看他说得天花乱坠——"说着，她用手指了指自己鼓起的肚子："看看！他在背地里做了些什么！"

这个女人如果不是受到了伤害，怎么会腆着大肚子来指责佛陀呢？难道……有些僧人心生怀疑，把困惑的目光投向佛陀。

见到此情境，女人得意地说："释迦，你说吧，你怎么为我和肚子里的孩子负责？"

佛陀淡定地说："这件事，只有你和我知道吧？"

女人说："对！这件事，只有你和我知道。"

佛陀随即沉默不语，静心禅修。

前来听法的天神帝释天，用神通一看，哦！这个女人根本没有怀孕，她只是在衣服里边绑了个小木盆。帝释天变作一只小老鼠，钻进女人的衣服里，把那条捆绑木盆的绳子给咬断了。

闹剧就此戳穿！

原来，这个女子是受婆罗门教的蛊惑故意前来制造事端的。

佛陀对这一事件的处理方法，彰显了智慧与理性。值得深思的是，佛陀为什么选择沉默，而不做辩解呢？

禅门讲："有道无道，自己知道。"就像佛陀在《四十二章经》中说的，"忍辱多力"，能忍辱的人力量大。大雄大力的佛陀，能让心安住于觉照中。

看禅修者的修行是深是浅，只看他能不能忍辱就知道了。《杂阿含经》中讲到一位比丘在森林中精进禅修，在去附近村庄乞食时，听到了说村里的女人喜欢和他鬼混的流言。

比丘想以自杀的方式来维护僧格的尊严。这时，森林之神现身劝慰，说了一首偈子："虽闻多恶名，苦行者忍之，不应苦自害，亦不应起恼；闻声恐怖者，是则林中兽，是轻躁众生，不成出家法；仁者当堪耐，不中住恶声，执心坚住者，是则出家法；不由他人语，令汝成劫贼，亦不由他语，令汝得罗汉；如汝自知已，诸天亦复知。"

森林之神说：林子里的野兽听到恐怖的声音，会选择逃避；禅修者遭遇诽谤，应该选择坚忍不动；禅修者的名声是由自己的行为决定的，不是由他人的言语决定的；流言虽然可怕，但你没做过那些事，为什么不选择"以忍为力"呢？

这位比丘受到启发，放弃了自杀的念头，后因为修忍辱行而获得了证悟。

说到忍辱，很多人知道一段名为"寒山问拾得"的对话。

寒山问："世人秽我、欺我、辱我、笑我、轻我、贱我、恶我、骗我，我该怎么对他？"

拾得说："那就忍他、由他、避他、耐他、敬他、不要理他，再过几年，你且看他。"

"拾得"是谁？一天，浙江天台山国清寺的丰干禅师在行脚途中，听到草丛中有啼哭声，寻声一看，是个稚龄的小男孩在哭。问他姓名，答："我无家、无姓也无名。"禅师看他孤苦无依，就把他带回寺中。因为是在路上捡的，就把这个孩子叫作"拾得"。

拾得在寺中先是做茶童，给禅师烧水煮茶；长大之后，他在大殿里做香灯，负责燃香点灯。一天，住持听到拾得对着殿里的罗汉像大骂他们是"焦芽败种",觉得他的行为有些疯癫,改派他去放牛。

在山中放牛时,拾得和隐居寒岩的诗人寒山成为好友。他们经常结伴在山中行走,有时也为人讲说佛法。但是人们看不起他俩,经常调笑、呵斥他们。"寒山问拾得"那段对话,或许就是他们在被损辱时说的。

一天,寺僧诵戒时,恰巧拾得赶着牛群走过法堂。牛群哞哞直叫,诵戒的僧人不堪其扰,让拾得把牛赶走。

拾得说:"这些牛都是咱们的同修啊,他们前生都是僧人,在寺里修行。你们如果不信,我来喊他们。"

说着,拾得对着牛群喊:"前生律师弘靖。"一头白牛应声而出。"前生典座光超。"一头黑牛应声而出……

僧众们目瞪口呆。

台州太守听说这件奇事后,前来拜访拾得。然而,拾得在显露圣迹之后,就和寒山结伴离开,不知去向。

丰干禅师告诉太守:"那个拾得是普贤菩萨的化身,寒山是文殊菩萨的化身。可惜你来晚了。"

"既然拾得是普贤菩萨的化身,他离开天台山后,会不会来峨眉山呢?"贤友沿用胡适先生提出的"大胆假设,小心求证"做着猜想。

拾得是不是来了峨眉呢?可以假设,但无从考证。不过,拾得倒是真在峨眉山出现过。

瞻仰金顶的十方普贤铜像时,如果你稍作留心,就能看到拾得。拾得的头像在三层头像的最上一层,就是朝西微笑的那一张。

05　做错了事，忏悔有用吗

"唉，你说人为什么有那么多的业障呢？"戒嗔说。

我打开《普贤行愿品》，找到"忏悔业障"那一段："复次，善男子，言忏悔业障者，菩萨自念：我于过去无始劫中，由贪嗔痴，发身口意，作诸恶业，无量无边。若此恶业有体相者，尽虚空界不能容受。我今悉以清净三业，遍于法界极微尘刹，一切诸佛菩萨众前，诚心忏悔，后不复造，恒住净戒一切功德。如是虚空界尽，众生界尽，众生业尽，众生烦恼尽，我忏乃尽。而虚空界，乃至众生烦恼不可尽故，我此忏悔无有穷尽。念念相续，无有间断；身语意业，无有疲厌。"

我说："只要没有觉醒，只要心中有贪欲、嗔恨、执着，人就会不断地犯错误；过去无始劫中，我们犯过的错误，给他人、给自己制造的烦恼，都是业障。"

"这么多的业障，怎么来消除呢？"

"普贤菩萨说得明明白白啊，要忏悔业障啊。"

业，在佛法中，指人的行为。障，是障碍。所有不以利他为出发点的行为，都是罪业，都是心灵觉醒的障碍。消除业障的方法，就是忏悔。悔，是深心痛悔犯下的错误。忏，是发愿以后不再犯同样的

ruguo bu chuli lin dao
ren jin bei wu chang bi po
shenghuo zai shang lao bing si kuzhong
qiubu de cibieli yuanzenghui
wu qin zhi sheng zhongfou bipo
liao wu chuqi xuefo qin jiewu
fadun lixin shen wai guanjian

忏悔，好比用智慧的火把恶业的种子炒熟了，把它发芽的条件破坏了。忏悔不能消除已经形成的恶因，它是断除恶因的种子发芽的机会，从而避免恶果的出现。

错误。

忏悔时,心的运动方向是趋向光明;造恶业时,心的运动方向是趋向无明。忏悔改变了业的运动方向,从而成为阻断恶业从种子到结果的助缘。忏悔能减轻恶业结果时产生的痛苦,佛门称之为"消业"。

古印度僧人阿底峡说,他从来没有跟罪业一同入睡。每天晚上临睡时,他都要忏悔当天的罪业。

怎样消除业障呢?除了《普贤行愿品》提及的,在《观普贤菩萨行法经》中,普贤菩萨还讲了"六根忏悔法门"。

佛教所说的"六根"——眼、耳、鼻、舌、身、意,是人类认知世界的六个途径。如果心没有觉照,六根就会被贪、嗔、痴、慢、疑、邪见所污染。

贪,是永远不感到满足。对治之法是知足。"知足"这种状态很奇妙,如果觉得不够,你永远也不会够;如果觉得够了,当下就够了。

嗔,是管不住自己的脾气。对治之法就是忍辱。佛门讲,发脾气是本能,不发脾气是本事。修行越高,越没脾气。

痴,是无明;往细处说,就是不从因果缘起的角度进行思考来解决问题。对治之法是因果、缘起法。待人接物时,菩萨会远离恶因,以此避免恶果;众生贪著,不远离恶因,只想远离恶果。

慢,是"永远以我为中心"。对治之法是无我。佛教所说的"无我",是"不以自我为中心";唯有此,才能"自利利他"。

疑,是"我凭什么要相信你"?对治之法是信。佛门所说的"信",是信佛陀所说的真理,比如"苦集灭道",比如"不二",比如"忏悔业障"……

邪见,是不相信佛说的真理。对治之法是了解佛法。佛陀从不强迫他人简单地相信，他说："我说的对不对，你了解一下、实践一下就知道了。"

打个比方说，人的身体好比一个用来装水的瓶子。人的眼、耳、鼻、舌、身、意各自沾染着不同程度的贪、嗔、痴、慢、疑、邪见毒素。如果要用这个瓶子装水喝，光把毒药倒出来还不行，必须要清洗干净。普贤菩萨教给人们的"六根忏悔法门"，就是教人怎么彻底清洗六根沾染的毒素。

普贤菩萨说："一切业障海，皆从妄想生，若欲忏悔者，端坐念实相。众罪如霜露，慧日能消除，是故应至心，忏悔六情根。"

在无数的生死轮回中，我们积累的业障，就像海水一样浩渺无边。这些业障从哪里来呢？从执着于贪嗔痴的妄想而来。要用忏悔的方法清除这些业障，首先要静心禅坐。当你能如实观照的时候，就会发现，觉照的太阳一出来，那些罪业就像秋露、寒霜一样消失了。

"那我问一下，比如说前天我做了件坏事，知道这件事以后会带来恶果。我今天做忏悔，那个恶果以后还会出现吗？佛陀说，众生的因果他都无法代替。难道普贤菩萨教人六根忏悔，就能让人免除恶报？如果是这样，因果是不是又不成立啦？"

戒嗔对问题思考的深度令人敬佩。以前造作的恶因，今生一忏悔，就能消掉吗？当然不能。如果不能，忏悔又有什么意义？

打个不恰当的比喻，把葵花籽种在土地里，在温度、水分、养料等条件具足的时候，葵花籽会发芽、生根，直至开花结果。同样是葵花籽，如果在播种前用火炒一下，再种到地里，即便温度、水分、养料等条件都具足，它也不可能发芽了。

忏悔，好比用智慧的火把恶业的种子炒熟了，把它发芽的条件破坏了。忏悔不能消除已经形成的恶因，它是断除恶因的种子发芽的机会，从而避免恶果的出现。

如果对"做错了事，忏悔有用吗？"心存疑惑，不妨读读《观无量寿经》《大般涅槃经》中记载的阿阇世王忏悔的故事。

阿阇世王子的父亲是摩揭陀国的频婆娑罗王。频婆娑罗王是最早拥护佛陀的国王。佛经中提到的灵山道场、竹林精舍，都是他捐建的。

阿难尊者的哥哥提婆达多，是佛陀俗家的一个堂弟。提婆达多虽然随佛出家，但他的心被贪欲所驱使，妄图煽动五百位僧人离开佛陀，另立教派。

为标榜自己的主张与做法比佛陀更彻底，提婆达多提出，他的僧团必须恪守"五事"：一、乞食——佛陀提倡乞食，但也接受供养；二、只穿"粪扫衣"——佛陀提倡从垃圾堆里捡衣服穿，也接受信众供养的衣服；三、露坐，不住在房舍里——佛陀允许僧人住在房舍中；四、日中一食，只吃午餐，不吃早餐——佛陀提倡过午不食，僧众可享用早餐、午餐；五、不食盐味和肉奶制品——佛陀允许僧众乞食时接受盐味及肉奶制品。

阿阇世王子认为，提婆达多所做的才是真正的梵行，公开支持他。

取得阿阇世王子的信任后，提婆达多进而劝说王子："不如我们一起行动，你取代你的父亲成为新王，我取代释迦成为新佛。"

在提婆达多的教唆下，阿阇世王子将频婆娑罗王囚禁在牢中。频婆娑罗王因为饮食匮乏，很快去世了。

提婆达多为了陷害佛陀，和刚刚登上王位的阿阇世多次设下阴谋：雇用神箭手对佛陀放暗箭，派人埋伏在山上等佛陀走过时推落巨石，用醉象攻击佛陀……

然而，这些行动均告失败。

不久，阿阇世王身患重病，身上长满毒疮，坐卧难宁，万分痛苦。虽经神医耆婆悉心诊治，但病情一直不见好转。

耆婆对阿阇世王说："现在唯一能救大王的，就只有佛陀啦。"

阿阇世王叹了口气："我也想去拜见佛陀，可是一想到我之前和提婆达多做了许多对不起佛的事，我颇感为难。"

耆婆劝说他："佛陀大慈大悲，怨亲平等，心无憎爱，大王不必顾虑。"

于是，阿阇世王在耆婆的陪伴下来到竹林精舍。

当时，佛陀和僧众正要坐禅。看到阿阇世王走进竹林精舍，佛陀慈爱地说："阿阇世王，我等你好久啦。"

阿阇世王跪在佛陀的座位前，忏悔自己的业障，他很快就痊愈了。

从此，阿阇世王跟随佛陀学习觉醒之道，并像他父王频婆娑罗王那样，成为佛教最有力的拥护者之一。

这时，戒嗔把我的话题打断了，他说："我想问你，阿阇世王做了那么多的恶业，杀害父亲、设计害佛，他就算是病好了，以后会有什么结果呢？"

戒嗔考虑的这个问题，当然也是阿阇世王考虑的。

据《守护国界主陀罗尼经》记载，一天，阿阇世王想："提婆达多恶业深重，死后下了地狱；我害死了自己的父亲，还和他一起设计害佛，造下的恶业更多，我死后是不是也要下地狱呢？"

阿阇世王心怀忧虑，再次走进竹林精舍。

佛陀问："人的恶业好比石球，把石球投到水里，能不沉底吗？"

阿阇世王听了，心中更加恐惧。他跪在佛前，虚心求教。

佛陀说："如果把石球放到船上，它还会沉到水底吗？阿阇世王，你造下的恶业，应该在地狱中受一劫（大约十二亿年）之苦。你将来虽然会入地狱，但由于你曾经真诚忏悔，受报时就像一只被拍打的皮球，刚触及地面，又砰的一声腾空而起啦。"

柒

菩薩照遠不照近

01　佛陀有没有爱

离开万年寺，沿象牙坡往白龙洞走。脚伤未愈，我放慢了脚步。树高林疏，云淡风轻，我和贤友、戒嗔边走边聊："古代的爱情故事，你们知道哪些？"

"化蝶的梁祝，牛郎和织女，《白蛇传》中的白娘子和许仙，还有《西厢记》里的张生和崔莺莺……"贤友说了四个。

"《红楼梦》里的林黛玉和贾宝玉，杜十娘和李甲，唐代的李靖和红拂女，《长恨歌》里的唐明皇与杨贵妃，举案齐眉的梁鸿和孟光……"戒嗔读书多，知道得也多。

"愿天下有情人终成眷属。"在这句美好的祝福背后，又有多少求不得、爱别离的泪水呢？爱，总是有悲有喜。那些终成眷属的，从花前月下到柴米油盐，最后又有多少变成了冤家？有人说，爱情使人盲目，婚姻却能提高人的视力；结婚后，女人对男人的本质看得更清楚了。

女人看清的是男人的本质，生理学家看清的是"爱"的本质：热恋中的山盟海誓，不过是荷尔蒙作用下的随口一说。

比如，李益对霍小玉说："从此无心爱良夜，任他明月下西楼。"一转身，他娶了身世显赫的卢家女儿。郭沫若写诗给发妻张琼华说："遥

众生的爱,可能只是激情四射、一时冲动;佛菩萨对众生的慈悲,这"没有执着的爱",却朝朝暮暮,地久天长。

怜闺阁口,屈指计舟程。"发妻在那屈指计程,他却先后又娶了两位太太。徐志摩对陆小曼说:"想你想到我的肝肠都寸寸的断了。"然后,他赶着去北平给林小姐的演讲捧场而因飞机失事遇难……

爱的本质是什么?是人体分泌激素带来的生理刺激。是否怦然心动?肾上腺素说了算。想地久天长?多巴胺大量分泌就好了。苯乙胺不仅让"情人眼里出西施",还"直教人生死相许"。为什么会见异思迁?那是多巴胺分泌得过多,而后叶催产素分泌得过少。想缓解失恋的痛苦,可以向褪黑素、后叶催产素求助!真正的"忘情水"是血清胺,它能冲淡相思之苦……

在《长阿含经》中,佛陀说:"恩爱无常,会合有离。"爱是无常的,甜度太高,也会让人感觉到苦。围绕一个"爱"字,古往今来,人间演绎出多少悲欢!真是"爱河三尺浪,苦海万重波"。

贤友好奇地问:"你搭错了哪根神经?怎么今天说起这些来?"

"你知道白娘子和许仙,但是白娘子在哪儿修炼成仙的,你知道吗?"

贤友摇了摇头。

我指着山路下方枝叶掩映的寺院建筑:"看,就是那里——白龙洞。"

白龙寺,俗称"白龙洞",始建于明代嘉靖年间,由湖广游僧别传禅师募缘创建,清初康熙四十一年(1702年)重建。当时,康熙皇帝还亲笔抄写了一部《金刚经》,御赐白龙洞僧人祖元禅师,并题赠联语"挂衲云林静,翻经石榻凉"。民国十七年(1928年),白龙洞的大部分建筑毁于火灾。现在的殿堂,是1980年修复的。

白龙寺有前后两殿。前殿为三圣殿,供有"西方三圣"——阿弥陀佛和观音、势至两位菩萨;后殿为大雄宝殿,供有"华严三圣"——毗卢遮那佛和文殊、普贤两位菩萨。

除了"白娘子在此修炼成仙"的传说，白龙洞还有极具传奇色彩的"一树、一石、一观音"。

一树，指庭院中那棵"植物活化石"桫椤树。

一石，说的是寺中的"三生石"，那是女娲炼石补天时遗落人间的一块灵石，古代"中国爱神"月下老人用这块灵石来观察人间的三世姻缘，因此名为"三生石"。

一观音，指大雄宝殿里供奉的南宋时期铸造的青铜"数珠手观音"。这尊观音像工艺精湛，保存完好，是山中珍贵的佛教历史文物。

人们熟知的"西湖版"《白蛇传》，缘于明代冯梦龙《警世通言》中的"白娘子永镇雷峰塔"。剧中与峨眉有关的，一是白娘子对许仙说"妻本是峨眉一蛇仙……"，一是白娘子为救许仙，飞回峨眉"盗仙草"。其他诸如"水漫金山""断桥""雷峰塔下"等故事，都与峨眉山没有关系。

"峨眉山版"的《白蛇传》，与人们熟知的有很大的不同，更有戏剧性。白娘子在峨眉山修行，遇到"药王"孙思邈，得赐金丹，转为人身。青蛇"小青"本是男身，他暗恋白娘子，没得到青睐，进而因爱生恨，反目为仇。清音阁下，青白二蛇一番大战，青蛇落败，自愿变身为白娘子的丫鬟。许仙是山中的采药人，一天，许仙采药时遇险，白娘子舍身相救。许仙与白娘子一见钟情，成就了美好姻缘……

"啊？原来是这样啊！那黑龙江应该也和这段传说有关啦？"戒嗔想到了流过一线天的那道山溪，"看来，黑龙江就是小青，白龙江就是白娘子，它们流到清音阁合流。峨眉山版的《白蛇传》结局虽然美，我还是喜欢西湖版的。"

从白龙洞走出来，沉默了半天的贤友问："佛教所说的慈悲，是不是爱？如果不是爱，佛陀有没有爱？"

慈悲是什么？慈，是给予他人快乐；悲，是减轻他人的痛苦。爱是什么？《大般涅槃经》中说："爱有二种：一者饿鬼爱，二者法爱。真解脱者，离饿鬼爱；怜愍众生故，有法爱。如是法爱，即真解脱。"

世间所谓的爱，跟占有的欲望连在一起，就像饿鬼渴望食物一样，一旦得不到，就会演变成恨。"饿鬼爱"建立在贪欲上，有特定的对象，本质上是贪欲对心灵的束缚。然而人不只是被喜爱的人或者事物束缚，那些令你厌憎的人或者事物，是束缚的另一种表现形式。

慈悲是"法爱"，是平等的、清净的，没有受欲望染污，能促人觉醒，是一心付出、没有丝毫占有欲的。

佛门的慈悲与世间的情爱，不是一回事。世人津津乐道的情爱，在佛陀看来，是业的染着。在《佛说遗日摩尼宝经》中，佛陀谈到世间的情爱时说："譬如苍蝇，在粪上住，自以为净。心亦如是，入爱欲中，自以为净。"苍蝇以粪便为居所，认为粪便是清净的；人不知道爱欲是轮回的根本，以为爱欲是清净的。

《楞严经》讲，如果人沉溺于爱欲，想通过禅修获得觉醒，就像"煮沙成饭"。无论怎么卖力气，白沙子终究无法蒸成米饭。佛陀说，不断除爱欲，轮回就没有休歇。

佛陀把众生称作"有情"。情，是人性的组成部分。佛陀虽然断除了爱欲，但他依然属于"有情"。菩萨是"觉有情"，也是有情的，不是无情的。世间的男女用情不专，貌似洒脱，其实是真正的无情。

为方便度化众生，有些菩萨还保留了爱欲。如维摩诘菩萨，他示有妻子，却常修梵行；有六亲眷属，却不为亲情所牵绊。

贤友感觉困惑："你说佛陀断绝了爱欲，却依然有情。这不自相矛盾吗?"

佛陀离开王宫寻求觉醒之道时,并没有和妻子耶输陀罗打招呼。他的不告而别,对深爱他的耶输陀罗来说,是何等的痛苦与折磨。佛陀证悟后,应父亲净饭王的邀请,回迦毗罗卫国讲法。

在王宫,佛陀见到了父王、姨母(也是继母)摩诃波阇波提,见到了儿子罗睺罗,却没有见到耶输陀罗。

耶输陀罗躲了起来。其实,她对他想念极了,但又怕他对自己冷淡。

为解开耶输陀罗的心结,佛陀主动去找她。

佛陀的身体散发着不可思议的慈悲摄受力,耶输陀罗极为震撼,又感到非常难过。多年以来,有一个问题在她心里纠结着,但她一直没有机会问。此刻,她鼓起勇气——

"悉达多,你真的爱过我吗?如果爱我,当年你为什么要舍弃我?你现在回来了,还会爱我吗?"

佛陀的回答让人震撼!

"耶输陀罗,我从来没有舍弃对你的爱。我舍弃的,只是对情欲的执着!"

多情乃佛心,唯是无黏着。众生的爱,可能只是激情四射、一时冲动;佛菩萨对众生的慈悲,这"没有执着的爱",却朝朝暮暮,地久天长。

02　在古德林的绿荫下

峨眉山中,处处有故事。白龙洞外的古德林,有些树已经四百多岁了,它们也是有故事的。

创建白龙寺后,别传禅师于明隆庆元年(1567年)开始率领徒众在山间种树。据说禅师一边种树,一边诵《法华经》;读经一字,种树一株;视树如佛,一树一问讯;当年,共植楠、柏、松、杉等六万九千七百七十七株。数十年后,绿树成林,浓荫蔽日,细雨不透。为纪念禅师种树留荫的功德,这片树林被称作"古德林"。

历史上,对这片古德林,上自皇帝下至山民樵夫,无不爱护,未加砍伐。种一棵树是树,种一片树是风景;长一年是柴,长十年是栋梁,过了百年就成了文化。

古德林的绿荫,就像国学大师钱穆在《中国思想通俗讲话》中写的一段话:

> 我有一次在西安偶游一古寺,大雄宝殿已快倾圮了,金碧辉煌全不成样子。殿前两棵古柏,一棵仍茂翠,大概总在百年上下吧!另一棵已枯死。寺里的当家是一俗和尚,在那死柏坎穴种一棵夹竹

作家三毛说:"如果有来生,我要做一棵树,站成永恒,没有悲欢的姿势……"

桃。我想此和尚心中，全不作三年五年以外的打算，那大殿是不计划再粉修了，至少他无此信心，无此毅力。夹竹桃今年种，明年可见花开，眼前得享受。他胸中气量如此短，他估计数字如此小，那寺庙由他当家，真是气数已尽了。

如此想来，名刹古寺，即就其山水形势气象看，那开山的祖师，早已一口气吞下几百年的变化。几百年人事沧桑，逃不出他一眼的估量。……

别传禅师建寺在先，栽树在后。寺外栽什么树，也不是件寻常事。尤其是栽松柏楠杉，不经过百八十年，不会苍翠成林。四百多年前，别传禅师山中植树时，一眼的估量已经看到了百年后，其心胸、气魄与眼界，可谓弘远！

"读经一字，种树一株，"戒嗔陷入思考，略作停顿，"既然读的是《法华经》，这片'古德林'更应该叫'法华林'。换个名字，就能让人知道，走进这片树林就是走进了《法华经》的字里行间。"

六祖慧能说："欲学无上菩提，不得轻于初学。下下人有上上智，上上人有没意智。若轻人，即有无量无边罪。"戒嗔偶然流露的智慧，令人佩服。

"峨眉山是普贤菩萨的道场，别传禅师种树时，为什么念《法华经》，不念《普贤行愿品》呢？"

佛门有"开悟的《楞严》，成佛的《法华》，不读《华严》不知佛家之富贵"之说。《法华经》是佛陀在灵山演说的大乘佛教的重要经典。《法华经》讲"众生都可以成佛"，佛陀出现于世，就是为了让众生离苦得乐，成为觉醒的人。

《法华经》讲到最后一品《普贤菩萨劝发品》时，普贤菩萨与众多的菩萨从东方世界而来，请佛陀讲如何按《法华经》的指导进行修行。

佛陀说，众生要觉醒，首先要坚信诸佛所说的解脱之法，其次要广行善德、勤修六度，第三要勤修禅观，第四要发心救度其他众生，而不只是个人求解脱。

普贤菩萨听法之后，当即发愿，在佛陀涅槃后守护此经，使《法华经》流布世间，利益更多的众生；普贤菩萨还发愿，所有读诵《法华经》的人，都将得到他的护持。

"普贤菩萨怎么护持呢？"

《楞严经》上讲，普贤菩萨可"用心闻，分别众生所有知见"，无论哪里的众生，只要心中观想普贤菩萨，"我普贤即时乘六牙白象，分身百千，至发心者面前，与之相见"。即便那位观想普贤菩萨的众生由于业障深重，无法看到普贤菩萨，菩萨也会在暗中为他摩顶，护持安慰，使他所愿成就。

边走边聊，我们来到山中有"峨眉树王"之称的桢楠树下。如果树也长胡子的话，这棵桢楠树大概早就胡子拖地啦。北宋太平兴国五年（980年），宋太宗诏令重修万年寺，为方便朝山香客往来，在山路分岔处，人们栽下了这棵桢楠树以指引方向。

如今这棵年龄已过千年的桢楠树，树干高耸入云，树围五米多，要数人合抱。高处的枝丫层层叠叠，向四面十方伸展着，就像观音菩萨的千手千眼。

这株桢楠树沐风栉雨千年，依然生机勃勃，郁郁葱葱，高大挺拔。在尘世，人活到四十，就开始老气横秋，看看这株老树，应该心生惭愧。

树的生活充满了秘密。英国植物学作家科林·塔奇说："树的生活简单，或者看似简单——脚埋在湿润有营养的土壤里，站在阳光下一整天无所事事。其实，它们的生活非常丰富，并非像我们的眼睛看到的那样。"

一千多年来，这株桢楠树一直站在这里，接受着命运的馈赠，无论岁月的风雨扑面而来，还是时代的尘埃落满枝叶，它都保持静默，既不倨傲，也不卑微。

科林·塔奇说："如果你摇晃一棵树，它以后就会长得粗一些、结实些，它们记得被摇晃过。风是天然的摇晃者，所以长在野外的植物，即使给予等量的光照，还是比温室的长得更粗壮。"

这棵古老、茁壮、沉静的"峨眉树王"，就像那株屹立在《普贤行愿品》中的"大树王"，"譬如旷野沙碛之中，有大树王，若根得水，枝叶华果，悉皆繁茂。生死旷野，菩提树王，亦复如是。一切众生而为树根，诸佛菩萨而为华果，以大悲水饶益众生，则能成就诸佛菩萨智慧华果。何以故？若诸菩萨以大悲水饶益众生，则能成就阿耨多罗三藐三菩提故。是故菩提属于众生，若无众生，一切菩萨终不能成无上正觉"。

龙树菩萨说，佛陀一生的重要时刻，都有树相伴。在蓝毗尼的无忧树下，佛陀出生；在伽阇山的森林中，佛陀苦修；在伽耶的菩提树下，佛陀成道；在祇园精舍的树下，佛陀讲法；在拘湿罗城外的娑罗树下，佛陀涅槃。

"树是如何记忆的，我无从知道：我还没有发现。但是，它们有记忆。至少它们长成现在这个样子跟过去在它们身上发生过什么有关。"科林·塔奇在《树的秘密生活》中写的，更是让人遐想联翩。如果陪伴过佛陀的树能够说话，讲出它记忆中的有关佛陀的故事，那会多么精彩！

树与佛陀缘分极深。树不仅见证了佛陀的生活，就连最初的佛像也是用树木雕的。接受佛法的熏陶，人不也是在心里为自己种下了一棵菩提树吗？

有时，人的肩膀是靠不住的。所以，作家三毛说："如果有来生，我要做一棵树，站成永恒，没有悲欢的姿势，一半在尘土里安详，一半在风里飞扬；一半洒落阴凉，一半沐浴阳光；非常沉默，非常骄傲；从不依靠，从不寻找。"

我真想把肩靠在树王身上，体会一下背倚大树好乘凉的感觉。戒嗔打断了我的妄想，他说："今天要走的路多，咱们走吧。"

走出几步，我想应该和"峨眉树王"致敬一下，于是停下脚步转过身，恭敬地合掌对它弯腰问讯。

03　菩萨照远不照近

作为四条路的交叉点,白天的清音阁,什么时候人都多。为安抚受伤的脚,戒嗔和贤友去寺院看时,我坐在清音双桥亭下,安静地看黑龙江、白龙江交汇的流水冲击牛心石。

没过多久,他俩回来了,我站起来。戒嗔说:"你多休息一会儿吧。"因为中午要赶到圣水阁,我不能再休息了。看到戒嗔随着人群往清音阁下走,我把他喊住:"往下走的路通往五显岗,是出山的。"

去圣水阁,又是上坡路。戒嗔、贤友嫌我走得慢,抢过我的背包,走到前面去了。我走上一个小山坡时,他俩已不见身影。

路边有一家店铺,一位身材消瘦的老者正往门口的桌上放暖瓶。盘子里,倒扣着五六只锃亮的玻璃杯。见我走过来,老者微笑着打招呼:"坐下来喝杯茶,歇歇脚吧?"

我笑着摇了摇头。

"我看你是走不动啦。在这里喝杯茶,你就有力气啦。"

见我无意逗留,老者爽朗地笑着说:"走好,走好。"

我朝铺子里瞄了一眼。地上摆着几个纸箱子,里面放着中草药。看来,除了门口的茶桌,老者还经营中草药。墙上有幅字:"但愿世人无

人为善,福虽未至,祸已远离;人为恶,祸虽未至,福已远离。

疾病，哪怕架上药生尘。"这和普贤菩萨"不为自己求安乐，但愿众生得离苦"如出一辙。

我站住脚："还是辛苦您老泡杯茶吧。"

老者欢喜地说"好好"，快活地折身回屋拿来茶盒。茶叶放进杯子里，暖瓶的水一冲，纤细的叶片在杯子里上下翻滚。不一会儿，这些小叶片齐刷刷站了起来。渐渐地，杯中水色由寡白而浅绿。那些受过挤揉的叶子，在水中重新舒展开，就像回到了低矮的山丘上，回到了一丛丛的茶枝上，回到了沾满露水的清晨，回到了若有若无的薄雾里。

"您老是信佛的？"我指着墙上的对联问。

"生在峨眉山，哪有不信菩萨的？不过啊，峨眉的菩萨照远不照近。"

看我一脸的困惑，老者笑着解释说："你们远道而来，不知道山里的事。哈哈，菩萨喜欢照顾远道来的，求财让你发财，求官让你升官，你们过上了好日子，来还愿的人也多。再看看我们这些山里人，天天守在菩萨身边，过的不还是苦日子吗？"

听了老者的解释，我明白了，他说的"照远不照近"，类似于北方人讲的"灯下黑"。

古人用油灯照明。灯碗里安根灯芯，灯光能照到远处，却照不到灯碗下面。那片不受光的地方，就叫"灯下黑"。老者生在峨眉山，本以为"近水楼台先得月"呢，却没沾上菩萨的光，没得到照顾。

菩萨会"灯下黑"吗？当然不会！佛菩萨如同发光的水晶球，哪有照不到的地方？

"您老高寿？"

"高寿还谈不上，七十八喽。"怕我听不明白，老者又用手势比画了一回,"你看我这身子骨还可以吧?耳不聋,眼不花。茶是自种自采的,铺子里的药也是山上挖的。"

我吹着杯口的热气,慢慢把一杯茶喝完。老者见了,拎着暖瓶过来续杯。

老者年长我近四旬,他走过的桥或许比我走过的路多。他说"菩萨照远不照近",或许他不知道佛门有"求人不如求己"之说吧。

"您老在山上采茶、挖药,就是菩萨照着啊。"

老者摇了摇头:"还是你们城里人活得好哟。"

"城里空气污浊,还有雾霾,这里山清水秀,城里人都想来住山哟。尤其是峨眉山,青山绿水,您老才是好福气!"

"哈哈,你戴着眼镜,一看就是读书人。读书多,会说话,我一个山里人,说不过你。哈哈,说不过你。"

我怕戒嗔、贤友在前面等我太久,喝完这杯茶,就起身告辞:"谢谢您老,这茶真好喝!多少钱?"

"给十块好喽。"老者收了钱,"说好喝,说明你懂。我这个茶,拿到城里卖,说是竹叶青,就是天价喽!"

拐过一道弯,又爬过一道坡,看到戒嗔、贤友坐在路边。

戒嗔笑着说:"我们等了好半天啦!你今天牵着蜗牛散步,走得舒服吧?"

听我讲了"菩萨照远不照近"的事,戒嗔噌的一声站起来:"什么药铺?什么老者?这条路,我跟贤友刚刚走过,哪里有说的药铺和老人呢?要么是你编故事,要么你遇到了菩萨!你在这儿坐一会儿,我去看看。"

戒嗔说完,沿着我走来的路快步走去。不一会儿走到坡顶,不见了身影。

贤友说："我们走过来，真没注意到路边的药铺和老人。如果一会儿戒嗔回来满脸惊喜，就真是你遇上菩萨了。"

回味着唇齿间的茶味，我心生感慨："如果真那样，就是我'灯下黑'了。菩萨站在眼前，我竟然认不出来。"

过了一会儿，戒嗔回来了，他脸上有些落寞，没有什么惊喜。我和贤友对视了一眼，谁也没问戒嗔是否见到了药铺与老者。

三人继续向圣水阁走。一直闷着声的戒嗔忽然问我："你说，菩萨照远不照近的事会不会是真的？"

这个问题，有点像"上帝为什么不奖励好人"的故事。

1963年的某一天，美国《芝加哥论坛报》儿童版主编西勒·库斯特收到一封信。信是一个名叫玛莉·班尼的小女孩写来的。

"无所不知的西勒·库斯特先生：我想知道，上帝真的公平吗？我帮妈妈把烤好的甜饼送到餐桌上，得到的是一句夸奖：你真是好孩子。我弟弟戴维什么都不干，他只知道捣蛋，却能在餐前得到一个甜饼。请你告诉我：上帝真的是公平的吗？上帝为什么把好孩子给遗忘了，却让坏孩子得到了奖励呢？"

多年来，库斯特收到了不少孩子们写来的有关"上帝为什么不奖赏好人，为什么不惩罚坏人"之类的来信。他一直不知道该怎样做出答复。因此，他也无法马上给玛莉回信。

周末，库斯特应邀出席了朋友的婚礼。在牧师的见证下，新娘新郎互赠戒指。然而，这对新人阴差阳错地把戒指戴到了彼此的右手无名指上。牧师幽默地提醒说："右手已经够完美了，我想你们还是用它装饰左手吧。"

牧师的这一幽默，令库斯特茅塞顿开！右手已经很完美，没必要再用戒指来装饰。那些有道德的人常常被忽略，不正是因为他们已经很完美了吗?

库斯特省悟到：让右手成为右手，就是上帝对右手的最高奖赏；同理，让善人成为善人，就是对善人的最高奖赏；让恶人成为恶人，就是对恶人的最高惩罚。

于是，库斯特以"上帝让你成为好孩子，就是对你的最高奖赏"为主题，给玛莉写出了一封回信。这封信，在成年人的世界里也引起了强烈的反响。

"古人说：人为善，福虽未至，祸已远离；人为恶，祸虽未至，福已远离。深信因果，自求多福吧。菩萨对每个人都是公平的，他不会照远不照近。你说是吧？"戒嗔听了笑起来，他脸上的落寞消失了。

04　圣水禅味

　　过广福寺、中峰寺，道路两侧不时出现不规则的巨石。圣水阁邻近山村，被人间烟火环绕。山门外，右侧传来汩汩水声。一道流泉，晶莹剔透，喷涌而出。这股流泉从地下岩缝渗流至此，数千年未断，有"神水"之称，因此圣水阁也叫"神水阁"。泉水富含硒、锶、碘、硼等多种矿物质，是"峨眉第一泉"。

　　泉水背倚巨石，石上刻有"福寿""大峨""神水"六字。草书"福寿"在最高处，相传为宋代道士陈抟所书；行书"大峨"居中间，据说是"八仙"之一的唐代吕洞宾题写的；楷书"神水"在最下面，是明人书迹。神水泉的另一侧，石碑上有"神水通楚"四字。

　　我弯腰净手，捧起一掬流泉，入口清凉，水清味甘。贤友、戒嗔也学着我的样子，一饮而尽。

　　此刻，我想起源明法师说的："改天到圣水阁，记得进去讨杯茶喝！"

　　山门前的台阶，真是"苔痕上阶绿，草色入帘青"。我走得小心翼翼，这只脚站稳了，才敢迈出下一步。台阶高处的平台上，有座高大的"智者大师衣钵塔"。

苦是生命中不能避免的一味。没有人不吃苦,越怕吃苦的人,越有苦吃;没吃过苦,就不会珍惜甜。

智者大师是隋代在浙江天台山创建天台宗的佛教大师。佛教典籍中记载，他一生修学弘法都在湖北荆州以东的区域，怎么这里会有他的衣钵塔呢？

圣水阁是女众道场，殿堂廊庑下养着多盆兰花。走进圣水庭院，扑鼻一缕幽香。据说峨眉的兰花有二百多种，山中寺院喜欢用兰花供佛。峨眉兰有几种是世界级的珍品，像春兰中花色如玉、独枝挺拔的"白花春剑素"，夏兰中花瓣上缀有红紫色斑点的"嘉定朱砂"，秋兰中的"大一白""铁杆素"，冬春之际的"虎头兰"等。

我在家里也养了数盆兰花，有武夷山的寒兰、天台山的春兰。植兰数年，我体会到养兰花不易，湿不得、燥不得，没耐心不行，照顾兰花简直等同于观照身心。从圣水阁兰花的丰茂，可以窥见这里的莳兰人耐心、细致。

一位身着灰衲的比丘尼在廊下走过。贤友合十咨询："当家师在吗？"她停下脚步，低眉敛首："你们有什么事？"贤友说明来意。"噢，那请先到客堂稍候。我去请当家师。"

"不仅要请三位菩萨喝圣水泡的茶，今天还要请你们在这里用斋。"监院宽忍法师干练、从容。听说我准备为峨眉山和普贤菩萨写本书，法师欢喜地说："历史上的名家为峨眉山留下了不少诗文，你要写一本书，这更让人充满期待。峨眉山里故事多，你们在山里慢慢走、慢慢体会吧。"

请法师讲两个她知道的故事。法师一笑："我只知道上殿诵经，种菜念佛。圣水阁的事，还略知一二，其他的说不上来。"

贤友问："神水通楚是怎么回事？"法师说："传说智者大师在峨眉山中峰寺修行过。那时，他常来圣水阁打水。后来，大师回到荆州玉泉寺弘法,对峨眉山圣水阁的泉水一直念念不忘。一天,一位自称龙女的少女对大师说:'我能帮你打圣水阁的水。'大师很高兴,告诉她:'我的钵盂,忘在了中峰寺,你也帮我一道取来吧。'第二天早上,玉泉寺外的玉泉里,漂浮着大师用过的钵盂。人们这才知道,湖北的玉泉和峨眉山的圣水是相通的。"

因为这个"神水通楚"的传说,明代万历年间,山中僧人在圣水阁为智者大师建造了这座纪念塔。

我说:"走进圣水阁,如入芝兰之室。"

法师笑着说:"寺院还有个名字,叫作兰若。峨眉山兰花丛生,是天然佛地。唐代写《幽兰赋》的仲子陵,就曾隐居在大峨这一带。这些兰花花开时,整座寺院都是香的。寺院后院还有两株梅花,是绿萼梅,也是冰天雪地时开花。人们常说兰花和梅花是花中的隐士。这些不喜欢热闹的花,都跟佛门挺有缘的。"

二十年前,宽忍来到峨眉山追随演慈法师出家,成为演慈法师剃度的第一个徒弟。"我追着师父问:为什么让我叫'宽忍'啊?师父说:'在世间谋生不容易,出家修行也不容易,要弘法利生,没有宽大的心量不行,不善于忍耐也不行。'"

"您的师父现在哪儿?"

法师轻声说:"2002年,师父四十岁那年就舍报了。"一时,客堂里一片沉默。

过了一会儿,法师打破了这沉默:"上个世纪80年代,国家重新落实宗教信仰自由政策,我师父是第一个来峨眉山出家的女众。她做事不依赖人,有大丈夫气。她住持的道场,井井有条,一尘不染。师父身上的长处啊,我照葫芦画瓢也没画好,想学学不来啊。"

谈及日常的修行,法师说:"修行其实很简单,就看你能不能让自己的心简单点。在僧团里，修行就是随众做事，不能闲，一闲是非就多；也不能急，一急烦恼就多。要处理的事都是好事。愿意接受的，是增上缘；不愿接受的，是逆增上缘。都要接受，慢慢做。什么事做起来都不容易，等做完了回头看，就算有一段辛苦，感觉也挺好。"

法师慈悲，午斋准备了"圣水豆花"，这是一道山中著名的僧家佳肴，另有青菜、白米饭。豆花清爽，入口即化，名不虚传。桌上有碟笋片，我夹起一片放进嘴里，咬了两口，马上想吐出来。一种难以言状的苦涩，侵占了我的味蕾，难道厨师误把清凉油当作了菜油？

我看贤友一眼，他也张口结舌；再看戒嗔，同样一脸怪相。我试探着问："法师，这个笋是不是有问题？"她尝了一片："没问题啊，苦笋就是这个味道。"

宋代黄庭坚曾在峨眉山中峰寺参禅，他喜欢吃苦笋，还写过《苦笋赋》。当时，人们认为吃苦笋容易引发旧疾。黄庭坚反驳道，苦笋"甘脆惬当，小苦而及成味，温润稹密，多啖而不疾人"，认为：苦笋的苦利于健康，就像忠言逆耳能促进国泰民安；多吃也不会受伤害，如同科举取士得到的都是贤士。再说，苦笋汇聚了山水的灵气，隐含着雨露的滋润，回避了风烟的侵犯；用它作佳肴，可以振食欲，用它来下酒，令人流口水。

之前，我认为菜蔬中的苦瓜是最有禅味的；在圣水阁用斋方知，苦笋更胜一筹。"苦"，不仅是生活中的"五味"——酸、甜、苦、辣、咸——之一，更是佛陀所说"苦集灭道"的第一义谛。苦是生命中不能避免的一味。没有人不吃苦，越怕吃苦的人，越有苦吃；没吃过苦，就不会珍惜甜。

斋后，我请教法师："宝掌峰是在这里吗？"法师说"是"，她领我们到寺外,指着寺后的一座山峰:"那就是。""山上还有寺院吗?"法师摇了摇头。

下一站,我们要去纯阳殿。在神水泉边,法师指着道路前方的几块巨石:"苏东坡在这里题过'云外流春',就在前面。具体是哪块石头,我忘了。如果有兴趣,你们可以找找看。"

正说着,飞来几只山鸟,落到泉外松树的高枝上。松树、飞鸟、松下僧,让我想到了唐代龙牙禅师和他的《门前树》:"深念门前树,能令鸟泊栖。来者无心唤,去者不慕归。若人心似树,与道不相违。"

05　纯阳殿外普贤船

纯阳殿原为道观,建筑玲珑古雅。清代之前,观中殿内供奉着道家祖师纯阳真人吕洞宾。清初顺治年间,道人外出云游,将纯阳殿委托给僧人代管。道人一去不回,僧人将道观扩建,用作佛教道场,但依然沿用旧名。

纯阳真人吕洞宾,原名吕岩,据传是晚唐长安京兆人。吕岩早岁习儒,两次参加科举,均名落孙山。他心灰意冷,四处流浪,途中遇到仙人汉钟离,便归心仙道。

汉钟离说:"要修道成仙,必须先要积累三千功德。"吕岩为做足三千件善事,经常想方设法周济穷人。一天,汉钟离对他说:"我有个法术,可点石成金。你要是学会了这个法术,再做善事就方便多了。"

吕岩想了想,问:"石头变成的黄金,能永远是黄金吗?"

"不能。过五百年后,还会再变回石头。"

吕岩摇了摇头:"这样的话,这个法术我就不想学啦。"

"为什么?"

"我不想坑害五百年后的人。"

汉钟离哈哈大笑,他赞许地对吕岩说:"凭你这一念心,三千功德

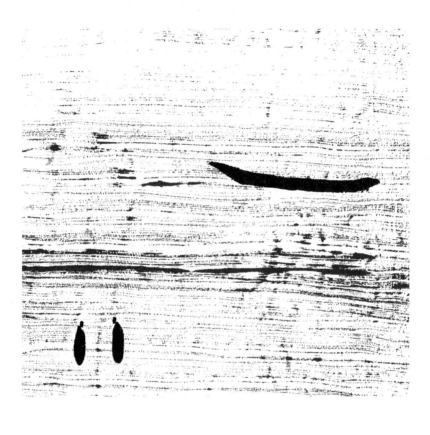

儒家的最高境界是"拿得起",佛家的最高境界是"放得下",道家的最高境界是"想得开"。

圆满了。"

三千功德圆满后，吕岩来到峨眉山紫芝洞修道。一天，他省悟到，在他到来之前，山洞早已存在于天地间，如果把山洞视为主人，自己不过是来去的宾客。从此，他自号"洞宾"。

后来，吕洞宾离开峨眉，沿长江东下，到湖北、湖南、江西一带云游。在湖北鄂州黄龙山，以"丹田有宝休寻道，对境无心莫问禅"自许的吕洞宾遇到佛门的晦机禅师。在禅师的点拨下，吕洞宾明心见性，把他执着的"丹田有宝"的丹道之法也彻底放下了。他作了一首《参黄龙机悟后呈偈》记录这件事："弃却瓢囊撼碎琴，如今不恋水中金。自从一见黄龙后，始觉从前错用心。"

有人说，儒家讲究尽心达性，道家讲究修身养性，佛家讲究明心见性。这好像是说佛家只重心性，不重性命。

其实，这个说法有些偏颇。

在《华严经》"五十三参"故事中，普门城的名医普眼长者对善财童子说："善男子，菩萨学修菩提，当知病为最大障碍。若诸众生，身有疾病，则心不安，岂能修习诸波罗蜜？是故菩萨修菩提时，先应疗治身所有疾。"

禅门有"只修心性不修命，便是修行第一病"之说。《大智度论》更是明确指出："一切宝中，人命第一。"

众所周知，中华传统文化虽然是多元的，但以儒释道三家为代表。说到儒释道三家文化，南怀瑾先生说：儒家开的是粮店，民生日用不可或缺；佛教开的是百货店，百货杂陈，样样俱全，有钱有时间就可以去逛逛，逛了买东西也可，不买东西也可，不去逛也可，但是社会需要它；道家开的是药店，没有疾病可以不管不问，但有病就要进去。

还有人说，儒家的最高境界是"拿得起"，佛家的最高境界是"放得下"，道家的最高境界是"想得开"。为人处世，只要"拿得起、放得下、想得开"，就等于掌握了儒释道三家的文化精髓。

也有人说，儒家是"管什么前世今生，想办法把这辈子活好了就是成功"，道家是"世间这一切都没意思，不如去做神仙"，佛家是"你知道吗？世间这一切都是梦；美梦也好，噩梦也罢，赶快醒来吧"。

对这三种观点，戒嗔倾向第二种，贤友倾向第三种；对第一种南先生的观点，他俩都没有异议。

纯阳殿建在半山坡上，寺后群峰叠翠，近深远浅，是一幅天然水彩画。殿前有一片楠树林，浓密处遮天蔽日，林中甚是清凉。树林前方不远处，地形塌陷成幽深的溪谷。溪谷深处，水流湍急，哗哗作响。天色晴朗时，站在殿外，能远眺到金顶。

溪谷深处，水流中间，有一块长方形的巨石露出水面，形如船舫，当地人叫它"石船子"。石船子宽约两米，长三十多米，上面有页状岩层层堆积，如同叠放的经卷，佛门称之为"普贤船"。

传说远古时期，峨眉山所在的地方是一片浩瀚的大海，如今的群峰当时不过是海中的岛屿。普贤菩萨驾船来到这里，他往岸上搬佛经时，恰巧海水退潮了。为免退潮的海水带走船只，菩萨施展神通将船及经卷化为石头。

据说秋天山中溪水退浅时，人可以登上普贤船体验一把。清风习习，溪水奔流，依然能找到普贤船顺流而下的感觉。

普贤船对面的岩石上，有明代的摩崖石刻"藏舟于壑"四个大字。

藏舟于壑这个典故，出自《庄子·大宗师》篇："夫藏舟于壑，藏山于泽，谓之固矣。然而夜半有力者负之而走，昧者不知也。藏小大有宜，犹有所遁。若夫藏天下于天下而不得所遁，是恒物之大情也。"

庄子说，把船藏在山谷里，把渔具藏在深水中，可以说很牢靠了。谁料到，半夜来了个大力士，把山谷和河泽一块儿背跑了，就连睡在船上的人都没有发觉。把小的藏在大的里面虽然合适，但还是会丢失。如果能把天下藏在天下里，就不会担心丢失什么啦！

曾有人问佛："怎样才能让一滴水永不干涸？"佛陀说："让它流入大海。"普贤菩萨的"十大行愿"中的"普皆回向"，就是劝人把点滴的功德注入佛法的大海，只有这样才永不消失。可惜有人错误地认为，一旦做了回向，自己的功德就消失了。那是他连"藏舟于壑"的道理都不懂，更遑论"藏天下于天下"啦。

进纯阳殿随喜礼佛时，我问看守殿堂的那位比丘尼："如果要去看普贤船，应该走哪条路下到溪谷去？"法师满脸的茫然，她摇着头说："普贤船？不好意思，我没听说过。你再找别人问问吧。"

站在一旁的一位中年村妇说："我是这山里的，知道怎么去普贤船。"问她能不能带我们去看看，她脸露难色："要带你们去，会耽搁我的事。"说着，她略一迟疑，像下定了决心一样："这样吧，要不你给我二十元，我带你们去一趟。"

戒嗔对去看普贤船没有兴趣，他嘟着嘴说："普贤船只是个传说，有什么看的呢。再说又是溪谷里，跑上跑下太累了。"

我看了贤友一眼，他说："你想去的话，我可以陪你去。不过我觉得戒嗔说的有道理，你着相了。"

我掏出二十元钱，递给村妇，问她："看了普贤船，我们要去雷音寺，还绕回这里吗？"她摇了摇头。

戒嗔听了，脸上闷闷不乐，也站起来跟着我一起往外走。

村妇在前面快步领我们往山坡上走。我问她:"普贤船不是在溪谷里吗?"她头也不回,脚步更快了:"要看就跟我走。"

她领着我们在山地上的阡陌间绕来绕去。终于,她停下脚步,指着不远处山坡上的一块巨石:"喏,那里就是普贤船,你们去看吧。"

说完,她转身就走。贤友觉得不对,喊了她一声。她丝毫没有停下来的意思,反而快步向远处跑去。

我感觉这事有些蹊跷。贤友、戒嗔对视了一眼,笑着对我说:"我们没说错吧?你着相啦!所以上当啦!你被她骗走了二十块钱,我们呢?陪你走了这么多的冤枉路!"

他俩没说错,我的确因为着相上当了,好在学费不贵。我给自己打着圆场:"这二十元,大概是我前生欠了她的。还好,这辈子就这么还她了。"

捌

峨眉山月歌

01　解脱桥畔谈解脱

从纯阳殿到雷音寺这段山路，行人稀少。听说前面是雷音寺，戒嗔哈哈大笑起来，我和贤友感觉莫名其妙。等他笑够了，我问："戒嗔，是你笑点低，还是有什么好事？"

戒嗔摇了摇头，他说："你要不说雷音寺，我还没想到要笑。"

这没来由的话，更让我摸不着头脑啦："前面是要去雷音寺啊，怎么啦？"

"你刚才去看普贤船，不就是误入小雷音吗？"

我回过味来："戒嗔，原来你把《西游记》里的故事挪到峨眉山来啦。"

戒嗔边走边讲。话说印度灵山有两个雷音寺，一大一小。大的在山上，是如来佛的；小的在山下，是黄眉怪的。黄眉怪建这个小雷音寺，就是为了诱使唐僧进来。唐僧是逢庙必拜的。孙悟空觉得其中有诈，不想让唐僧进去。可师父怎么肯听徒弟的呢？有庙不拜是罪过啊。于是，黄眉怪期待已久的唐僧肉，主动送上门来。黄眉怪也怕孙悟空，因为这猴子神通广大，于是黄眉怪假扮如来，一见面就把孙悟空扣进金铙里……

古松古松生古道,枝不生叶皮生草。行人不见树栽时,树见行人几回老。

戒嗔讲到精彩处，却被贤友打断了话题："戒嗔，孙悟空不是火眼金睛吗？他怎么看不出眼前的如来是假的？"

戒嗔一时语塞。

我问贤友："你知道怎么区分真假如来吗？"

贤友说："不知道。"

戒嗔追问："那你说，怎么区分？"

有一天，佛陀接受帝释天供养时，让帝释天变成自己的模样，坐在身边。佛弟子目犍连、舍利弗、迦叶、须菩提等进来一看，都愣住了：怎么有两个佛呢？

"神通第一"的目犍连看了半天，也分不出哪个是真，哪个是假。他问"智慧第一"的舍利弗："怎么办？"

舍利弗观察了一番后，坚定地说："右边是真的。"

众僧追问："你是怎么判断的？"

舍利弗说："两尊佛虽然都垂目下视，但是左边这尊一直用眼睛的余光在瞅咱们。"

佛陀赞叹说："舍利弗，善哉善哉。目犍连，你虽有神通，但不如智慧的舍利弗会观察细节。修行不能依靠神通，要依靠智慧。"

佛陀强调修行者要注重"四威仪"——行、住、坐、卧，"八万细行"都体现在生活的细节中。就像净慧长老所说的，"在生活中修行，在修行中生活"。没有觉照的能力，就观照不到细节。所谓不拘小节，有时不过是为失去觉照找借口。

雷音寺建在高高的山坡上，坡名叫解脱坡。《峨眉山志》记载，明代无瑕禅师曾在此结茅禅修，并在此获得了解脱。

无瑕禅师精于禅修，境界极高。山民生病，前来求禅师加持，他予以摩顶,往往立愈。九十五岁那年,春节过后,禅师对弟子说:"三月初一,是我归期。"附近的山民听说此事,纷纷前来请禅师长久住世。禅师笑着摇摇头,慈悲地说:"好,那我答应你们,再多住几天,初七再走。"初七清晨,禅师合掌诵偈:"返身登台化乐天,只手单拳不用船。百万人天狮子吼,空中还有不二禅。"随即,恬然而逝。

雷音寺居高岗,倚危崖,傍坡路。要去雷音寺,要爬长长的解脱坡,戒嗔叫苦不迭:"天哪,这么长的坡!即便能让人解脱,我也不想走啦。"

我在一旁给他打气:"我脚上有伤都不怕,你怕什么?来,低下头,慢慢走。"

雷音寺无山门,山高林密,周围长满了高大的楠树、挺直的柏树,枝多叶茂,郁郁苍苍。殿有三重,进门是弥勒殿,中间是大雄殿,后面是观音殿。大殿两边有厢房,构成天井,整个寺院像一座精巧的四合院。在寺院里走了一圈,没见到一个僧人。

墙上贴着数张印刷的条幅,是弘一法师的书法,分别是"欲除烦恼先忘我,各有因缘莫羡人""君子落得为君子,小人枉费做小人""势可为恶而不为即是善,力可行善而不行即是恶"。

贤友看着当中那条笑了,他转过脸来对我说:"'君子落得为君子,小人枉费做小人',这跟'让善人成为善人,是对善人的最高奖赏'是一回事吧!"

贤友说话的声音不大,但在一片寂静中,却有些突兀。贤友也吓了一跳,他凑到我耳边,压低嗓音问:"这是怎么回事?"

社交场中热闹处,常见有人交头接耳窃窃私语。私语时,人们以为私密,却未必知道,"人间私语,天闻若雷"。

此刻,雷音寺的寂静,让我想到了《维摩经》中的"一默如雷"。

在《维摩经·入不二法门品》中，维摩诘向文殊菩萨等八千菩萨提问"菩萨如何入不二法门"，三十二位菩萨表述了各自的理解，维摩诘均不置可否。文殊菩萨说："如我意者，于一切法，无言无说，无示无识，离诸问答，是为入不二法门。"说完，他问维摩诘："何等是菩萨入不二法门？"维摩诘沉默无言。

文殊菩萨赞叹说："善哉！善哉！乃至无有文字语言，是真入不二法门。"

往外走，在弥勒殿门外亭亭如盖的巨树树荫中站了一会儿。

戒嗔问："为什么有寺院的地方树都多呢？"

寺院古称"丛林"，没有树，怎么能叫丛林呢？古代印度的僧人，喜欢坐在树下坐禅。佛教传入中国之后，僧人爱树的习惯也随之而来。禅宗著名的临济义玄禅师，早年随黄檗禅师学禅时，就经常在寺院外种树。《五灯会元》中记载了一段有趣的对话。

黄檗禅师问："在这深山里，你种这么多松树干吗？"

临济义玄禅师说："一与山门作境致，二与后人作标榜。"

古代禅师种树，不仅是给山门作景致，给后人作标榜，也是为寺院确立地标。20世纪80年代，国家重新落实宗教信仰自由政策时，允许各地兴复过去三十年间毁圮的寺院。这些得以重建的寺院，往往因一棵古树或一口老井，得以确定旧寺的位置。这也是古代禅师对后世的福佑吧。

"古松古松生古道，枝不生叶皮生草。行人不见树栽时，树见行人几回老。"宋代仲皎禅师眼里的这株古树，不知道是否还在世间。但是可以确定，雷音寺外这些粗壮高大的古树，已经阅人多矣。

走下雷音寺前的长坡，来到陡峭的峡谷前。谷底是奔流的溪水，眼前是一座名为解脱桥的石桥，我们跨桥而过前往伏虎寺。

走过解脱桥，戒嗔说："既然是解脱桥，就解脱一下，我们歇会儿再走。"说着，他把背包从肩头卸下来。

贤友端详着桥头那方古旧的石碑，连说"有意思"。

戒嗔问："发现了什么？"

"这座桥大有禅机！要入山，能在这儿放下世间的烦恼，就是解脱；要出山，能以解脱的心去待人接物，就是解脱。你说对不对？"

戒嗔问："那什么是解脱呢？"

贤友把话题引到我这儿来："你说吧。"

禅宗的四祖道信见三祖僧璨时有一段对话。道信说："愿和尚慈悲，教我解脱法门。"三祖问："谁束缚你？""没有人束缚我！""没有人束缚你，你向我求什么解脱？"道信禅师当下心有所悟。

此刻，山静人闲，桥下溪流奔腾，溅珠飞玉，响声震耳。我指着桥下的流水，问戒嗔："对流水来说，溪岸是束缚它，还是解脱它？"

02　峨眉山月歌

溪流淙淙，松涛阵阵。过"伏虎寺"牌坊，走进寺外的密林中，光线暗淡下来。继续前行，接连过了三座"虎浴""虎啸""虎溪"廊桥，还没望见伏虎寺的影子。果然是"密林藏伏虎"。

贤友问："伏虎寺里供的是普贤菩萨，还是伏虎罗汉？"

"当然是普贤菩萨。"

"那为什么叫伏虎寺呢？"

有人说，伏虎寺背后山岭的形状像猛虎伏踞山间。贤友和戒嗔抬头望远。树高林密，绿叶婆娑，根本无法看到远处。

《峨眉山志》上说，宋代山中有虎，饿虎下山取食，经常伤人。为保佑平安，士性禅师化缘建了一座"佛顶尊胜陀罗尼经幢"，镇住了虎患。

戒嗔说："看来这士性禅师就是传说中的伏虎罗汉。现在已经没有猛虎了，寺院怎么还叫伏虎寺呢？"

"山中的猛虎容易降伏，人心里的猛虎时常出没，让人束手无策啊。"

"你说烦恼？"戒嗔灵光又现。

是啊，人心中的贪欲、嗔恨、愚痴、骄慢、多疑、邪见，哪个不是

真相信因果,从自己起心动念处检点,
才是智者所为,也是修行核心。眼睛向外看,
怨天尤人,崇拜偶像,依赖他人,玩弄境界,
都是自欺欺人!

需要降伏的猛虎？佛陀座下的阿罗汉们，哪个又不是"心有猛虎，细嗅蔷薇"的超凡者？

有个人为烦恼所困扰，他来寺院里问："师父，有没有一个清净的地方，能让人没有烦恼？"禅师说："有。"那人高兴地说："师父，你能把我介绍到那里去吗？"

禅师说："那个地方就在你的心里。要想没烦恼，不要向心外找；在心外找没烦恼的地方是找不到的。"

"我明白这个理，可为什么我做不到呢？"

"那是你妄想多。心里有妄想，烦恼就多。"

山路两旁的树，有的端直，有的盘曲，有的枝繁叶茂，有的挺拔高大……各美其美，姿态万千。透过枝叶的缝隙，我隐约看到伏虎寺殿堂的檐角。

山门殿"虎溪精舍"，端坐着笑哈哈的弥勒佛，他终年坐镇山门，迎来送往，也可以说是不送不迎。过弥勒殿，拾级而上，是普贤殿。殿前，石狮子身上长满青苔，卡通萌呆的造型令人忍俊不禁。

进普贤殿，问讯了骑坐大象的普贤菩萨，接着转到第三重殿。这也是一座接引殿，殿中供奉着阿弥陀佛。

第四重殿是大雄宝殿，在寺院最高处。殿中供奉着三尊大佛——毗卢遮那佛、卢舍那佛、释迦牟尼佛，两旁是十八罗汉。

伏虎寺格局宏大，重楼高阁，曲折幽深。我们绕到大雄宝殿右侧的山高处，那里坐落着峨眉山中最大的五百罗汉堂。堂中的罗汉，都是真人大小，脸上表情丰富，喜怒哀乐悲忧愁怨，惟妙惟肖。贤友悄声问："你看他们像不像真人？"

贤友说的不错。

佛门造像中，罗汉是最有人情味的。佛菩萨的造像端正庄严、和蔼可敬，但与世人保持着一段距离。护法金刚的造像高大威严、横眉怒目，更适合远观。罗汉造像最接地气，和众生距离最近，适合近处端详。

戒嗔提醒我："咱们要在伏虎寺住一晚吗？如果住，还是先去客堂吧。"

做好住宿登记，法师打电话叫来一位中年女居士。女居士拿着一串丁当作响的钥匙走在前面，带我们去住处。上楼梯，绕长廊，拐了好几个弯，女居士在一间客房门前站住。她找钥匙打开门。

房间里依墙摆了一圈床。床有六张，离门远的两张，床上已经放了行李。女居士指着邻近门的三张床："你们三个的。"

戒嗔问："厕所在哪儿？"女居士没说话，用手指了指外面斜对面的一幢建筑。戒嗔急匆匆地跑出去。"用了别忘了冲水。""这个还用你提醒吗？"戒嗔说着跑远了。

被戒嗔回了一句，女居士有些愠怒，一下子瞪大了眼睛。惹她的人是戒嗔，她却顺便把气撒到我和贤友身上来，厉声说："行李不要放到床上。"说着，她走到里面，把别人放在床上的行李拎起来扔到地上。她用脚踢了踢床下的塑料盆："这是用来洗脚的，不要往里撒尿！"我们按她说的把行李放到床下。她看了一圈，挑不出什么毛病，悻悻地转身走了。

戒嗔回来后，我们轻轻掩上门，在寺中散步。普贤殿前，那方题写着"离垢园"的牌匾引起了戒嗔的好奇，他问："离垢园是什么意思？"

说来颇为神奇。伏虎寺四周古树参天，林间落叶纷披，但寺中各个殿堂的顶上却终年不见一片落叶。清代康熙皇帝获悉此事，为伏虎寺赐题了这三个字。

为解开这大奇观的秘密,央视国际频道曾前来实地探访,进行报道。气象学家分析,这一罕见景象的形成,缘自伏虎寺特定的地势。寺院地处狭窄的山谷,谷中气流回旋反复,形成涡流(即"龙卷风"),落叶还没等落到殿堂顶上,就被风带走了。

民间给出的说法,则是数百年前构建寺院布局的僧人是风水高手。

我们绕到寺院右侧,来到华严塔亭。亭中青铜铸造的华严经塔,为明代文物、峨眉山镇山之宝。经塔高大巍峨,据说镌刻着《华严经》全文并铸有四千七百余尊小佛像。

佛经中讲,若人右绕佛塔,可以获得无量无边的福报。我和戒嗔、贤友欢喜地双手合掌,按顺时针方向绕着华严经塔走起来。过了一会儿,走来三位年轻的比丘尼。她们见我们在亭内绕塔,就在亭外绕。

不经意间,一位比丘尼说:"南怀瑾先生今天示寂了。"我听到之后,心猛地跳了一下。前几天,还在洪椿坪与圣祥法师说到南先生呢。没想到,他的生命定格在 2012 年 9 月 29 日,农历壬辰年八月十四。

一时,我泪眼婆娑。偶一抬头,看到天宇中悄然升起的月亮。明日是中秋,此时,明月近圆而未满。世上已无南先生,但他却已把月光留在世人心里。如宋代朱熹所说:"如月在天,只一而已,及散在江湖,则随处可见,不可谓月已分也。"

"睡前还要洗脸吗?"贤友问我。他在黄土高原上长大,没有养成睡前洗脸的习惯。"早晨洗脸是给别人看的,晚上洗脸是给自己洗的。"贤友对我的回答不以为然,他还特意提醒我一句:"睡前洗脸,容易失眠。"

果然被他言中。伏虎寺之夜,成为我的不眠之夜。

夜深时，房间里鼾声此起彼伏。此屋与邻屋，不过是一层薄薄的隔板，不知左邻还是右舍，有人咳嗽，有人打鼾，有人说话，有人叹息……声音清晰传来。被子泛潮，弥漫着一股浓浓的霉味。

我在床上辗转反侧。睡不着，索性起身，轻轻推开门，绕廊过巷，来到普贤殿前的平台上。抬头看幽深的天宇，月亮孤独而圆明。远方不知何处，隐隐传来轻轻敲响的木鱼声，有未眠人深夜仍在用功修行。

一地月光，让我想到作家迟子建。在她笔下，北极的月光一片一片的，可以捡起来装满桦树皮篓子，背回家当柴火烧。想到作家池莉，她在江苏常熟兴福寺，在寺院独有的静寂中"晒月亮"。想到了唐代诗人李白，他吟咏而出的《峨眉山月歌》："峨眉山月半轮秋，影入平羌江水流。夜发清溪向三峡，思君不见下渝州。"

思君，李白思念的是谁？不清楚。

此刻，在月下的伏虎寺，我还想到了刚刚示寂的南怀瑾先生。

结束了在峨眉山的闭关，南怀瑾转身深入康藏，探秘藏传佛教。后来，他随军赴台。抵台之初，生活困顿，他安之若素。

在大陆时，南先生奉父母之命成婚，生有两子；到台湾后，他邂逅了长春来的杨女士，再结姻缘，又育两子两女。

台湾被日本殖民统治五十年，中华传统文化几近零落。南先生"为保卫民族文化而战"，以民间形式传播儒释道，影响渐起。

大学聘请他当教授。南先生主讲的《论语别裁》，结集成书，立即风靡全岛，一时洛阳纸贵。

军界邀请他去讲课。南先生明确地说："一个民族的毁灭，首先是文化的毁灭，国土失去了还可以夺回来，文化毁掉了，将万劫不复。"

蒋经国主政后，南先生远走美国，把中华传统文化传播到北美。

大陆改革开放之初，南先生对学生说："一个大时代来临了！你们要做好准备。"90年代，南先生移居香港后，号召学生们到内地投资创业。

学生问如何做。南先生叮嘱二字："诚信。"

居港期间，南先生为海峡两岸的和平发展出力甚多。他也曾应内地地方政府之请，操心修建浙江金温铁路的事，命学生多方筹措资金；在金温铁路通车之际，他又叮嘱学生不取分利，悄然退出。

2006年，南先生在苏州创建太湖大学堂，传道授业解惑。各路慕名者纷至沓来，南先生以一函挡之门外："求人不如求己！真相信因果，从自己起心动念处检点，才是智者所为，也是修行核心。眼睛向外看，怨天尤人，崇拜偶像，依赖他人，玩弄境界，都是自欺欺人！"

坊间盛赞"南先生是贯通东西文化、学识渊博的国学大师，在海内外都享有盛名"，他付之一笑："我只是一个年纪大、顽固的、喜欢中国文化的老头子。"

世间对南先生的评价，历来褒贬不一。此刻，南先生走了，贬抑他的人可以休歇了，褒扬他的人也不要太伤心，因为南先生是不舍众生的。

说他"不舍众生"，是有出处的。

晚年，南先生对太湖大学堂国际学校负责人郭姮晏说："要把学校办好一点，我以后来读时，要比现在更好。"

郭姮晏问："到时候我怎么知道是您回来啦？"

"你在台上讲故事，台下一个小孩子说：老师，你讲完了没？下面该我讲了。那就是我回来了！你要记好哦。"南先生幽默地说。

03 "泥号",骑象的人

昨夜星辰昨夜风,世上已无南先生。从伏虎寺往报国寺走,一路感慨,且行且珍惜。

山路上迎面走来数位金发碧眼的年轻人。他们有男有女,说说笑笑,时值中秋,依然短裤短衫。

他们热情地举起手跟我们打招呼,微笑着用生硬的汉语说"泥号"(你好)。我们也朝他们招了招手,戒嗔还流利地说了声"Hello"。

"我们来朝山,这一路上遇到了不少外国人啊,"戒嗔觉得好奇,他屈着手指数着,"金顶,洗象池,清音阁,万年寺,圣水阁,还有这里……外国人怎么这么喜欢峨眉山呢?"

1996年,峨眉山作为自然与文化双重遗产,被联合国教科文组织列入《世界自然与文化遗产名录》,引起了全世界的瞩目。

贤友叹了一口气:"这一路上遇到的外国人,都那么快乐、热情、开朗。为什么中国传统文化那么优秀,今天的中国人活得这么累、这么不开心呢?"

同样的感慨,一百年前,英国哲学家罗素、日本作家芥川龙之介也曾有过。

普贤菩萨的道场不仅是峨眉山、四川、中国、亚洲、欧洲、美洲……都是！或者说，整个世界，无处不是普贤菩萨的道场。

1920年,英国哲学家罗素应邀来中国,执教北京大学一年。罗素近距离地观察中国之后,写了一本《中国问题》。他在书中谈到了中国人的优点——谦恭、礼貌、温和、善良、勤劳,也谈到了中国人的缺点——贪婪、工于算计、自私、怯懦、缺乏同情心……

1921年,来中国旅行的芥川龙之介发现现实的中国人就像明代小说《金瓶梅》里所写的,猥亵、残酷、贪婪、自私、没有正义感。原本在他心目中,中国人都是诸葛亮、李白、杜甫、苏轼、辛弃疾、文天祥式的人物,光明伟岸、个性分明,讲气节、懂礼貌。

如果在普贤菩萨的教化下,中国人改掉这些缺点,会不会活得轻松快乐些?

我回头望时,那几个年轻的外国人正大步昂扬地向远处迈进着。我心中暗想,他们在峨眉山会不会像美国的恒实法师那样在朝圣路上看到"骑象的人"呢?

恒实法师,俗名 Christopher R. Clowery,一个彻头彻尾的美国白人。1949年,他出生在美国俄亥俄州;长大后,就读于奥克兰大学、加州大学柏克利分校,获得神学博士学位。1976年,他追随在加州创建万佛城的宣化禅师剃度出家。

1977年6月,恒实法师与恒朝法师结伴,三步一拜,从洛杉矶金轮寺出发,朝圣万佛城。这段路,全程约一千二百八十七公里。朝圣途中,恒实法师止语、礼拜,恒朝法师在一旁陪护。他们沿海岸公路前行,历时两年半,于1979年11月到达万佛城。

恒实法师眼睛近视,为便于礼拜,白天他不戴眼镜。晚上休息时,他就把一天的经历、感受记在日记里。这些日记,后来结集为《修行者的消息》出版。

途中有数不清的磨难：坑坑洼洼的道路，路上各种车辆的喇叭声及轰鸣声，流氓、醉鬼的骚扰和阻挠，崎岖的山坡，布满荆棘的杂草丛……其中一天的日记，记录了他拜到林肯高地时的一段奇遇。

"我感到前面街口有点怪异。恒朝后来告诉我，就在那时，在一个墨西哥大排档前，站着五个汉子。其中一个丑陋得像个魔鬼，他手里拿着一条五尺长的铁鞭子。他把一个垃圾桶推到路前，企图阻挡我们，然后用鞭子大力抽打垃圾桶，发出骇人的声音。他用手指着我们，煽动几个同伴向我们进攻，举止异常凶暴。"

"我在跪拜的时候什么也看不见。可是，就在此刻，心里有一个强烈的感觉，距离我们前面十尺，赫然出现了一头非常庄严的大白象，我看不清是谁骑在白象上……但我清晰地感觉到他的存在。我还看到了大白象有六根象牙，它缓步向前，我紧随其后，心里充满了祥和光明。"

"当我拜到这班大汉的当中，突然间，这位面目狰狞的老大变得像个小孩子一样柔顺。其他几位同伴，静悄悄地坐在四周，不敢捣蛋。我缓缓地经过垃圾桶，从他们的脚下拜过，站起来向前走三步，继续拜。这时，一个衣着整齐的青年人打开家门，礼貌地问：'你的行为令我感动。请介绍一下你们的宗教好吗？'"

读到这几段文字时，我坚信，恒实法师虽然看不清骑在白象背上的人是谁，但他那一刻遇到的就是普贤菩萨。要知道，普贤菩萨的道场不仅是峨眉山，四川、中国、亚洲、欧洲、美洲……都是！

或者说，整个世界，无处不是普贤菩萨的道场。

恒实法师的故事，是佛教在美国的传播与发展的一个缩影。

上世纪以来，佛教各宗派相继在美国弘法，以禅为特色的佛教成为美国信仰圈的"新时尚"，禅—佛教开始真正意义上走入西方主流社会。

50年代，禅—佛教甚至成为美国青年"垮掉的一代"反主流文化的一面旗帜。

以日本铃木大拙为代表的佛教学者在美国积极推动禅—佛教与西方哲学、现代心理学和基督教的思想对话，给西方知识界提供了崭新的认知心灵的视角。精神分析学家荣格提议将禅—佛教"置于科学的范围内来了解"。

1957年8月，在精神病学、心理学国际学术会议上，铃木大拙与精神分析学家弗洛姆等学者的论文汇编为《禅宗与精神分析》出版。弗洛姆认为，通过禅悟可以找到摆脱精神危机、解除压抑的方法。

筚路蓝缕，以启山林，是佛教僧众的责任。1959年，宣化禅师赴美国，创建了著名的佛教道场万佛城，并创立"中美佛教总会"；在台湾创建佛光山的星云法师，在加州创建了有"美国第一大寺"之称的佛光山"西来寺"；台湾法鼓山道场的开创者圣严法师也在纽约创建了法鼓山分道场；越南籍的一行禅师在加州建立了鹿野苑寺……

2019年10月，第二届中美加三国佛教论坛公布，美国有三百万佛教信众，占美国总人口比例的百分之一；其中二十五万是华裔和日裔，一百三十五万来自南亚国家，一百四十万为美国本土新皈依信众。

佛教在美国，一改往日保守、出世的形象，积极参与社会建设、慈善事业，增进大众福祉，其影响深入消费主义、全球伦理、环境保护、人权与公义、种族压迫、媒体发展、科技创新等各个方面。知名的例子，如乔布斯推出的"苹果手机"。乔布斯早年跟随日本铃木俊隆禅师禅修，"苹果"的诸多创意，来自他禅修时的灵光闪现。

众多的外国人来峨眉山，也是佛教在欧美地区的影响力日益增大的证明。可惜，我英语学得不好，无法向他们了解一下，在他们心中普贤菩萨是什么样子，只能这样擦肩而过，想想真是心存遗憾。

04　报国寺大脚印之谜

来之前，听说报国寺出现过一串神奇的大脚印。大约是十年前冬季的一天清晨，僧众在早课后发现，山门到弥勒殿之间的庭院里，石板上出现了一串大脚印。单个脚印宽约二十厘米，长约八十厘米。尤其让人震惊的是，脚印不是印在石板上，而是踩进了石板里；浅处三五毫米，深处近一厘米。

一般来说，人的脚长约为身高的七分之一。脚印近八十厘米长，那脚印的主人差不多身高五米六啦。可真是名副其实的巨人！

戒嗔对此事的真伪表示存疑。他坚定地摇了摇头："两米高的人都不多见，怎么会有五米多高的人呢？"

报国寺山门的匾额为康熙四十二年（1703年）皇帝御题。寺匾左右各有一匾，左为"鹤驻云归"，右为"普放光明"。

贤友指着"鹤驻云归"说："怎么感觉这个词有道家的味道呢？"

流水今日，明月前身。报国寺和纯阳殿一样，前身为道观。明代万历年间，峨眉儒生明光弃儒入道，创建了会宗堂。明光修道的同时，还精研佛学，因此会宗堂的建筑风格，非寺非观，有融合儒释道三家之意。清顺治年间，伏虎寺僧人闻达将会宗堂改建为寺院。

在古代的印度,人们表达对佛陀的尊敬,
主要是四种供养:饮食、衣服、卧具、医药。

进报国寺的山门后，戒嗔就开始低头留意庭院里的石板。走到弥勒殿，他一无所获，满脸困惑地望着我。我也为之茫然。

找到客堂，跟当值的法师询问"大脚印"的事。"听说是有过这么个事。那些留有脚印的石板，都被人拿走啦。"我追着问："这么稀有，寺院里没留一块？"法师不置可否，他挠了挠头："这样吧，你到后面去找广度长老问问吧。"

山重水复，疑无路处，蓦地又见柳暗花明。一时，贤友、戒嗔和我均眉开眼笑。

可是，后面是哪里呢？再问法师，他也不明说，只说："你去问吧。"

问了好几拨人，才打听到，广度长老住在报国寺安养院里。

自唐代以来，佛门形成了"山门以耆旧为庄严"的说法。这里的耆旧，指年高望重的老僧。峨眉山佛教协会为解决老僧老无所养的难题，专门在报国寺设立安养院。广度长老就是在安养院安度晚年的老僧之一。

找到长老的寮房，门却紧锁着。正发愁不知道怎么办呢，一位中年女士端着饭盒走过来。弄清楚我们的来意，她说："我是老和尚的护工。他每天午斋后喜欢在寺院里经行，现在不知道他走到哪儿去啦。"

我与贤友、戒嗔商量了一下，决定在这里等。这位女菩萨说："老和尚要走到三点左右才回来。你们先去斋堂吃饭吧，到时候再来。"

五观堂（斋堂）的午餐是自助餐，每人二十元。数种菜肴，米饭随意，还有汤。常住真是慈悲！在旅游胜地，到饭店去吃饭，二十元钱点个菜也不够！

斋后无事，枯坐慢等不如到各个殿堂随喜礼佛。弥勒殿前，香炉周围挤满了人，香炉里插着长短粗细不一的香，烟气缭绕。袅袅升起的青烟，像殷勤的投递员，把众生各式各样的心愿投递到佛菩萨的邮箱里。

我们站在人群外，戒嗔心有不甘地说："看到这么多人上香，感觉我要是不上几支，就亏欠佛菩萨啦。"

"那是你认为的。知道佛陀怎么说吗？如法修行，才是最好的供养。不过如果觉得亏欠了，还是上前拜一拜吧。人们都挤在香炉这儿上香，大殿那儿蒲团空着呢。"

"拜佛能代替上香？"

"形式不同，目的一样，都是表达你对佛陀的尊敬。"

在古代的印度，人们怎么表达对佛陀的尊敬呢？佛经记载，主要是四种供养：饮食、衣服、卧具、医药。"他们为什么不给钱？"戒嗔天真地问。他不知道，佛陀时代，持戒的僧人不接受金钱供养。

在四种供养之外，人们见到佛陀时，也会供养水、香、灯、花。

水代表清净，一般供养两份：一份请佛陀洗手、洗脸，一份请佛陀洗脚。香代表庄严，可以供养焚烧的香净化空气，也可以供养香末，请佛陀涂抹双手。灯代表智慧的光明，用于照亮房间。花代表缘起，也分为两种：散花，朝佛陀身上撒；把花串成花鬘，戴到佛陀的身上。

印度半岛的中部、南部，气候炎热，花朵易于生长，容易找到；如果是在北印度等不容易找到花朵的地方，人们则用合掌、顶礼来表达对佛陀的尊敬。如《华严经》中所说："合掌以为花，身是供养具；善心真实香，赞叹香云布。"

看着弥勒殿里的弥勒佛，我想起《佛说弥勒大成佛经》。释迦牟尼佛在示寂前把自己穿过的袈裟交给迦叶尊者，叮嘱说："你替我保管好，等五十六亿年后，弥勒菩萨成佛时，转交给他。"

于是，迦叶尊者深入禅定等待弥勒到来。

弥勒菩萨成佛后，前来拜访迦叶尊者。随行的诸菩萨看看迦叶尊者,好奇地问弥勒佛:"这个小小的人头虫,怎么还穿僧服?他怎么还会拜佛呢?"弥勒佛说:"莫轻此人,他是释迦牟尼佛座下'苦行第一'的迦叶尊者。"

从这个记录来看,等弥勒菩萨成佛时,在众菩萨眼里我们地球人的大小,就像今天的我们看在地上爬的小蜗牛一样。以小蜗牛身高一厘米、人身高一百七十厘米来换算的话,到弥勒菩萨成佛时,菩萨们的身高已经超过二百米。他们在我们眼前一站,就像一座摩天大楼!这么一想,在报国寺留下脚印的菩萨身高六米,也不算什么。

听我讲完,贤友神秘地说:"报国寺的大脚印是谁留下的呢?有个人知道。不过——"

戒嗔急切地问:"快说,谁知道?我去问他。"

贤友笑着指了指殿里的弥勒菩萨:"你问吧,看他肯不肯说。"

绕到大雄宝殿前,戒嗔指着"秋月朗清空,午夜山风狮子吼;菩萨开觉路,千年花雨象王宫"的对联问:"普贤菩萨为什么要骑象呢?"

据《悲华经》讲,阿弥陀佛在人间做国王时,普贤菩萨是他的第八王子,名叫泯图。泯图来到宝藏佛前,发愿要在这一半清净、一半污浊的娑婆世界,修菩萨行救度众生,令世界庄严清净。宝藏佛为泯图改名"普贤"。

"这与菩萨骑象有什么关系?"

"泯是什么?泯灭,消除。图呢?图像,图形。再深一步理解,'泯图'这两字不就是'无相'吗?"

"普贤菩萨本来还骑着象呢,你这一扯,象也没啦!"

"普贤菩萨为什么骑象?这个'象',不仅是大象,也是现象、表象。菩萨骑在象上,不正说明菩萨超越表象、不拘泥于现象吗?唐代司空图的《诗品》,你读过吗?其中讲'超以象外,得其寰中'。菩萨超越的是表象,把握的是佛法的核心。"

大雄宝殿后面是七佛殿。七佛殿内,壁上挂着宋代诗人、书法家黄庭坚书写的《七佛偈》四条木屏;客房门口悬挂的横匾"精忠报国",是抗战时期国民党最高统帅蒋介石在这里下榻时题写的。

七佛殿后面的大殿分为上下两层,下层为普贤殿,上层为藏经楼。贤友望着殿中的菩萨,忽然问我:"观音宝冠上是一尊佛,普贤宝冠上为什么是五尊佛呢?"我被问住了。不知道该怎么回答他。

这时,戒嗔替我解了围。他低头看了看腕表:"快三点了,走,咱们去找广度老和尚看大脚印吧。"

05　清风明月最相亲

广度长老和护工在等我们。寮房里很暗。供桌上，酥油灯的火焰一抖一抖地跳动。那块留有脚印的石板，供在桌中间，倚墙而立。脚印约八十厘米长，凹进石板的部分深浅不一，深处约有五毫米。

长老身材瘦小，圆圆的脸，他八十五岁，耳朵重听。我向长老询问大脚印的事，他听不清，大声问护工。护工凑到他耳边，大声重复一遍。

长老点了点头，飞快地做出回答。他说的方言，我根本听不懂。护工看出我的困惑，又把长老的话转述大意："当时要把有大脚印的石板都拉走，老和尚不干，才留下这块。"

长老又说了几句。护工说："老和尚说，这是菩萨的脚印。"

问是哪个菩萨，转述过来，说是"金顶的菩萨"。也就是说，在广度长老心中，这个大脚印是身在金顶的普贤菩萨下山视察寺院时留下的。

这三个多小时没白等，我们终于看到了传说中的大脚印。但是大脚印是谁留下的呢？这个谜，依然没有彻底解开。

离开长老的寮房，戒嗔问："长老说脚印是普贤菩萨的，你觉得呢？"

此时，沉默是最好的答案。

佛法，从来不是概念化的哲学，而是具体的解脱方法。禅修者应关注观照自己的心，而不是陷身戏论、沉迷于形而上的空谈。

我没有更好的答案，只好向《箭喻经》中的佛陀学习沉默。

一时，佛在舍卫国祇树给孤独园，一位名叫"鬘"的少年前来拜访。鬘童子喜欢思辨，他向佛陀提出十四个问题，诸如"世界是不是永远存在""世界有没有边际""生命即是自我吗""人死后有没有灵魂"等。

佛陀对这些问题置之不理。他反问鬘童子："假如一个人被毒箭射中了，在箭毒发作之前，他是应该先研究'箭是谁射来的？箭是什么材料做的？谁制造了这支箭？……'，还是应该先去找医生拔箭疗毒？"

佛法，从来不是概念化的哲学，而是具体的解脱方法。禅修者应关注观照自己的心，而不是陷身戏论、沉迷于形而上的空谈。有时，越是深入研究那些玄奥的问题，越无助于解脱，还会障碍人对心的观照。

大脚印是谁留下来的，无从证实，也无法证伪，那就先搁置不论吧。自古而今，峨眉山中，无数的人留下了数不清的足迹。尤其是一些大禅师，他们来朝圣，或来住山修行，他们的足迹虽然没踩进石头里，却被清代的蒋超记录在《峨眉山志》中。

"佛门寿星"千岁宝掌和尚的故事前面已经提过，这里就说说万年寺的开山祖师慧持禅师吧。

慧持禅师是创建庐山东林寺的慧远法师（汉传佛教净土宗初祖，首倡念佛法门）的亲弟弟。他原本在庐山修行，因缘际会，来到四川峨眉山修行，创建了万年寺。晚年，禅师在山中示寂，享年八十六岁。如果他的故事到此结束，就没有后面的传奇了。

北宋时，嘉定（今四川乐山）山中有棵大树被风吹倒了。人们惊奇地发现，这棵树的树干是空的，树洞里有个坐禅的和尚，头发盖着身子，指甲绕腰一周。报告到朝廷，当时的皇帝宋徽宗命人将这个和尚送到东京汴梁（今河南开封）。

僧人敲引磬，把这个禅定的和尚唤醒。和尚一睁眼，开口问："我哥哥呢？"皇帝问："你哥哥是谁？""庐山东林寺的慧远啊。""现在是宋朝，距离东晋七百多年，你哥哥早就涅槃了。"慧持禅师一听，双眼一闭又入定啦。

唐代，禅门星汉灿烂，禅师来峨眉行脚的很多，故事留下的也多。

比如，住锡赵州古观音院（今河北赵县柏林禅寺）、以"吃茶去"的公案闻名古今的赵州禅师。赵州来峨眉朝山，爬上金顶却没有登塔礼拜。守塔的僧人问："既然来了，怎么不到最高处？"赵州说："兜率天高出三界，修禅定的人能够到达；西方净土虽远，念佛的人却一念而至；普贤菩萨的法身遍满法界，无有边际，哪里是最高？"

有人说，学禅，只要会打坐就够了，不用读经。请问：赵州禅师的这三句话，涉及了哪些佛经？如果答不出，还是老实读经为好。禅门讲："行人莫与路为仇。"佛经是指引禅修的路标，哪能随意废弃呢？

再比如临济义玄的师父黄檗禅师，他登上金顶时，山间弥漫的雾气突然散开了。禅师说："怎么还是看不到啊？"金顶的僧人问："云开雾散，在金顶已经很难得啦！你还想看到什么？"禅师说："怎么不见普贤菩萨？"

如果《华严经》里的善财童子在场，他肯定俯在黄檗禅师耳边告诉他："要想见到普贤菩萨，须得这般这般……"

宋代时，峨眉山中有位道宏禅师，擅长作画，慕名前来求画者络绎不绝。如果禅师给画一尊土地神，求画者就会很快富裕起来；如果禅师给画一只猫，求画者家中不会再有鼠患。更神奇的是，来找禅师求画，你不用开口，他一落笔就是画你心中希求的。

中峰寺住持密印禅师，是大禅师圆悟克勤的徒弟。有一天，他对大众说:"众人卖花我卖松,青青颜色不如红。算来终不与时合,归去来兮翠霭中。"随后逝去,荼毗(火化)后,烧出舍利无数,心、舌不坏。

密印禅师的弟子别峰禅师应诏入京时,宋宁宗问如何修行,禅师说:"透得见闻觉知,受用见闻觉知,不堕见闻觉知。"皇帝听后,法喜充满,御题"别峰"二字相赠。

别峰禅师住持中峰寺时,因大诗人陆游是禅师的方外好友,许多文人学士前来依止参禅。有人问:"如何照看身心?"禅师说:"行须缓步,语要低声。"

明代,宝昙禅师(号断岩和尚)住持峨眉山时,明太祖朱元璋曾作《寄宝昙禅师》诗二首:

断岩知是再来身,今日还修未了因。借问山中何所有,清风明月最相亲。

山中阅尽岁华深,举世何人识此心。不独峨眉幻银色,从教大地变黄金。

朱元璋为何要赠诗给禅师?据说朱元璋年少时为饥寒所迫,走投无路,跑到宝昙禅师住持的皇觉寺出家为僧,得到了禅师很多的关爱。

清代编纂《峨眉山志》的蒋超,并没有把自己写进山志里,但他的故事却被蒲松龄写进了《聊斋志异》。

蒋超,江苏金坛人,少以才学闻名,清顺治四年(1647年),他榜中探花,入翰林院供职。蒋超喜欢读佛经,他常对人说,自己前世是峨眉山的和尚,梦中常到前身居住的庵前的池塘里洗脚。晚年,蒋超告老还乡离开京城,走到江苏高邮时,他与儿孙分手,只身前往四川。他在峨眉山伏虎寺静修，编纂了《峨眉山志》，后来终老山中。

蒋超临终前写下一首偈子："翛然猿鹤自来亲，老衲无端堕业尘。妄向镬汤求避热，那从大海去翻身。功名傀儡场中物，妻子骷髅队里人。只有君亲无报答，生生常自祝能仁。"

意思说，自己本是老僧，生活在尘世外，与猿鹤为亲；不知是何因缘，堕入尘网；还妄想到滚沸的油锅中避暑，在尘世的苦海中哪能求得解脱？痴迷于功名富贵，就像木偶一样被人玩耍；难舍的娇妻爱子，最终都会变成一堆枯骨。只有国主恩、父母恩难以报尽，因此愿生生世世在佛前为他们祈福。

……

山中阅尽岁华深，云水行脚的禅师们，与清风明月最为相亲。

从报国寺搭车去大佛禅院时，路上走来一群身姿颀长、面容姣美的女模特。戒嗔眉开眼笑，悄悄问我："像这样路遇美女，我是该看呢，还是不该看呢？"

"看一眼可以，但不能打妄想。用心观照第一念，不要生第二念。就像捕蛇人发现毒蛇一样，不能走神，否则有被咬的危险。"

戒嗔听了闷闷不乐："你干吗说得这么可怕！"

前一段，读弘一大师的《南山律在家备览》时，我才知道，依照佛门戒律，如果看到令你怦然心动的异性，心中起第一念时，即便生起贪心也不结罪；如果紧跟着生出第二念、第三念，就开始结罪了。如果后面念头不断生出，念头会变成想法，想法会变成行动……

就像富兰克林说的，"克制第一个欲望，比满足随后的欲望要容易"。还是管理好心中生起的第一念吧。

玖

淨土移民指南

01　我念佛，佛念我

刚在大佛禅院的客房中安顿好，窗外下起雨来。我给宏开法师打了个电话。法师在成都开会，听说我们已经下山，他笑着问："写作素材搜集得怎么样？前几天，我也给你找了些资料，等我回来给你。你们好好休息两天吧。"

"法师，有件事要麻烦您，您看能否和峨眉山佛教协会会长永寿大和尚沟通一下，我想听他谈谈峨眉山和普贤菩萨。"

"好。你等我电话吧。"

次日清晨，我在卫生间洗漱时，床头的手机响了。贤友看了一眼，说："快来接，宏开法师打来的。"一大早来电，应该是好消息。

"大和尚还要在成都开两天会，暂时回不去。他让我向你表示歉意。"宏开法师说，"我也要晚回两天。我给你找的资料，请其他法师拿给你吧。"

挂掉电话，我在床边慢慢地坐了下来。事与愿违，更要提起正念，让心保持安静。烦恼就像泥淖，人在其中越挣扎陷得越深。

生命中有堂必修课，叫"接受"。接受，就是无论你遇见谁，他都是对的人；无论发生什么事，都是当下唯一的事；不管事情从何时开

"念佛会耽误工作,怎么办?"
"吃饭睡觉也耽误工作。"
"没时间念,怎么办?"
"做什么事耽误了你喘气。"

始,都是最好的时刻;已经结束的,已经结束了。

此刻,睡懒觉的戒嗔也从床上坐起来,他关切地问:"是不是有了变化?"

"永寿大和尚这两天还要在成都开会。"

"那这次就不见他啦?"戒嗔脸上也露出些许的遗憾。

"看来缘分不到。不过呢,也算已经见到了。"

戒嗔和贤友一听都愣了。

我拿起床头柜上的客房刊物,翻到其中一页,让他们看。

有人向永寿大和尚问禅。大和尚拿笔在纸上写了三个字,他说:"这三个字,可以正着念,也可以倒过来念。这就是我参禅多年的一个心得,今天供养给大家。"

大和尚写的是"我念佛"。

"我念佛,"戒嗔又倒着读回去,"佛念我。"他琢磨了一下:"哦!果然大有禅机!"

"如果咱们这次见到大和尚,他告诉我们的也是这三个字呢?"

戒嗔笑了。贤友站在床边,托着下巴问:"大和尚参禅的心得怎么是念佛呢?"

贤友的问题,让我想到禅门泰斗本焕长老提倡的"禅净双修"。

2006年,深圳弘法寺为开山祖师、"禅门寿星"本焕长老贺期颐之庆,净慧长老前往祝寿。两位禅门尊宿见面,彼此关心的不是身体、饮食、健康,而是如何用功修行。

本焕长老问:"法师,在用什么功?"

净慧法师说:"安住当下。本老在用什么功?"

本焕长老说:"老来念佛。"

2007年初夏，净慧长老听说我要到深圳出差时，特意叮嘱说："到了深圳，记得要去弘法寺给本焕长老顶个礼。"

我遵师命，到深圳后即欣然前往。当时，弘法寺以本焕长老年轻时刺血抄写的《普贤行愿品》为底本，印制了一批经折本的《普贤行愿品》。那次拜见长老，长老赐给我一册，并叮嘱我："好好念佛。"

一时，我格外诧异："长老是禅门泰斗，为什么不鼓励我好好参禅呢？"

后来，诵读《普贤行愿品》，心中的困惑才得以解开。身在禅门，本焕长老"不为自己求安乐，但愿众生得离苦"，一生以普贤菩萨为榜样；晚年，他依据普贤菩萨"十大愿王，导归极乐"的本怀，提倡"禅净双修"。

永寿大和尚所说的"我念佛，佛念我"，庶几近此。

宋代以来，儒释道三家渐呈合流之势，佛门则逐渐提倡"禅净双修"。宋代的永明延寿禅师说："无禅有净土，万修万人去，有禅无净土，十人九错路；有禅有净土，犹如戴角虎，现世为人师，来生作佛祖。"明代的憨翁禅师说："今时若有禅无净，奚止十人九错？敢保十一个错在。"

古往今来，峨眉山僧人"禅净双修"的，也有不少典范。

远的，如明代诵经一字、种树一棵的别传禅师。

《峨眉山志》记载，别传禅师圆寂前预知时至，沐浴更衣后，他对僧众说："三日后，我要去阿弥陀佛的净土世界啦！"

之后，禅师禅坐观心，口诵佛号。到第三天，他说："我平素不留文字，是因为佛法是实修之法，三藏法宝尚系多余，我再饶舌有何益处？如今要走了，还是说两句吧！生本无所生，死亦何所有？这具臭皮囊，今朝成腐朽。"

说完，禅师闭上了眼睛。

弟子哭泣着鸣钟通告寺中僧众。钟声止息时，禅师又睁开眼睛说："一声吼破太虚空，烁烁禅光横大有。"安然而逝。

近的，如被誉为"峨眉镇山之宝"的通永老和尚。

通永禅师生于1899年，贵州人。年轻时，他来峨眉山在大坪净土禅院出家；出家后，一直修苦行，为僧众服务。禅院日常所需的柴米油盐，都由他从山下挑上来。百余里山路，坡陡路险，他挑着百余斤的担子，两步一句佛号，几十年如一日。

四十六岁时，通永禅师才有机会到成都受戒。戒场的引礼师看他年近五旬，以为此人是混进佛门谋生的，问他："老修行，您出家多少年啦？"答："快三十年啦。"引礼师很诧异："出家这么久，怎么才来求戒？""寺院里要有人挑担子！"引礼师一听，更是肃然起敬。

南怀瑾先生在大坪闭关时，示现僧相，法名"通禅"，给通永禅师做了三年的师弟。通永禅师为他护了三年的关。

"文革"期间，通永禅师被迫在山中接受"劳动改造"，开荒种田。为方便念佛，他向监管者主动请求干挑水的重活。来去担水，他依然两步一句"阿弥陀佛"。

晚年，通永老和尚入住报国寺安养院后，更是专心念佛。据说，他一小时能念"阿弥陀佛"一万声。念佛时，他唇舌不动，手捻念珠，心中默诵佛号，耳根历历分明。

众弟子前来请法。有人问："修什么法门好？"

"八万四千法门，念佛第一。"

"念佛会耽误工作，怎么办？"

"吃饭睡觉也耽误工作。"

"没时间念,怎么办?"

"做什么事耽误了你喘气。"

一来一回,问的人不说话了。

又有人问:"念佛要习禅静坐吗?"

"要。心静不下来,就无法念佛。"

"每天念多长时间好?"

"从早到晚,行住坐卧,都念才好。"

"不念的时候感觉还好,一念就妄想纷飞,怎么办?"

"晓得有妄想,是进步,更要加紧念。"

也有人问:"念佛能开悟吗?"

"专心念佛,念到一心不乱,比求开悟还好。"

看上面的对话,你说:老和尚是禅宗,是净土宗,还是禅净双修?

2010年4月28日,世寿一百一十一岁的通永禅师示寂。老和尚晚年说得最多的两句话,就是"持戒为精进,念佛最把稳"。

02 净土移民指南

"嘴里不停重复'阿弥陀佛''南无阿弥陀佛',念佛多枯燥,不如参禅有意思。老年人没事做,可以这样做。"

戒嗔的观点,是对佛法的一种典型误解,就跟有人认为"佛教相信轮回,是把生命的重点放在了来世"一样。

佛法的核心是心灵的觉醒。没有经过训练的心,往往会妄念丛生。观照好自己的心不跟随妄念到处跑,就是修行。就像净慧长老说的,"我们的心灵是一个阵地,你不用佛号占领它,妄念就会占领它"。

净土宗提倡的"念佛",禅宗提倡的"参话头",都是训练我们"把心专注在一点"上,二者有异曲同工之妙。

自宋代大慧宗杲禅师提倡"参话头"以来,参话头几乎成为禅的代名词。禅门著名的话头,有"念佛的是谁""拖死尸的是谁""父母未生前的本来面目是什么""狗子有没有佛性"等。

说到"参话头",河北柏林禅寺的明海大和尚把"话头"比作一根铁橛。他说:"我们的分别心,就像人的牙齿,它总是要咬一个东西。现在我们给这个分别心一根铁橛,让它咬。它咬不动,就不断地咬。结果呢,分别执取的习气慢慢地歇下来。你心里千头万绪,慢慢地尘埃落

人如果能明白"向死而生"的意义,既能减少对死亡的恐惧,还能拥有活下去的勇气;只有认识到死亡随时会发生,人才会审慎地选择自己该拥有什么。

定,只剩下这个话头。"

戒嗔说:"参禅时把佛号当作一句话头可以吗?"

"那就是人们常说的念佛禅。不过,念佛也不能有口无心地念,否则就像明代憨山大师说的那样,'念佛容易信心难,心口不一总是闲;口念弥陀心散乱,喉咙喊破也徒然'。"

"既然把心专注在一点上就能培养觉照,那念佛时不念'南无阿弥陀佛',念别的可以吗?"

看来戒嗔不知道,佛号里藏着不可思议的妙用。

在佛陀的十大弟子中,尊者目犍连被誉为"神通第一"。《大宝积经》记载,一天,在祇园精舍听佛陀讲法时,目犍连想知道佛陀的声音能传多远。于是,他暗用神通,像孙悟空一样翻个筋斗腾空而去。

目犍连首先来到位于须弥山顶的忉利天宫。他清晰地听到佛陀讲法的声音在耳边回响。他又接连翻筋斗,向外腾飞。他发现在三千大千世界内,无论他到哪儿,都能清晰地听到佛陀讲法的声音。

目犍连一时兴起,他又接连翻筋斗,不知不觉穿越了如恒河岸上的沙子一样众多的世界,来到"光明幢"的佛国。他看到光明王如来正在说法教化众生。然而,即便在光明幢佛国,他依然能清晰地听到佛陀讲法的声音。

光明王如来问:"目犍连,你不安心听释迦牟尼佛讲法,怎么跑到我这里来啦?"

目犍连说:"我想测量一下佛陀讲法的声音能传多远。"

"诸佛如来的法音,超绝无限,巍巍无量,不可为喻。目犍连,你用错心了,赶快回去听释迦牟尼佛讲法吧。"

目犍连说:"唯然,世尊。"他向光明王如来顶礼,欲起身返回时,却愣住不动了。

离开祇园精舍后,目犍连只顾欢快地翻筋斗了,此刻他发现自己已经搞不清祇园精舍所在的地球在什么地方。

目犍连对光明王如来说:"唯愿如来慈悲,帮助我回娑婆世界吧。"

光明王如来说:"你静心观想释迦牟尼佛,一心念'南无本师释迦牟尼佛'吧。"

目犍连依照光明王如来的教导,至心观想、称念释迦牟尼佛的名号,他翻着筋斗,一念之间就回到了祇园精舍。

这个故事,让戒嗔、贤友笑个不停。

贤友说:"我明白了,佛号就是信仰的导航系统,就像北斗卫星导航系统能指引方向一样。目犍连想回娑婆世界,就念'南无本师释迦牟尼佛';人们想到西方净土世界,就要念'南无阿弥陀佛'。是这样吧?"

说到净土导航系统,佛陀对人们宣讲了西方净土世界的殊胜;大力推广这一系统的,当属普贤菩萨。

西方净土世界,阿弥陀佛有两大助手:观音菩萨、大势至菩萨。佛教学者崔人元研究发现,虽然观音菩萨在亚洲家喻户晓,甚至形成了"家家阿弥陀,户户观世音"的盛况,但现存的佛经中却找不到观音菩萨弘扬净土法门的记载。大势至菩萨对净土世界的弘扬,主要见于《楞严经》中的"念佛圆通章"。提倡"十大愿王,导归极乐"的普贤菩萨,是净土信仰最积极的传播者。

戒嗔问:"普贤菩萨为什么劝人往生净土?"

德国哲学家海德格尔说:"人是向死而生的。"虽然每个人都希求财富、美貌、成功、健康、长寿……但这一切都是不确定的;人来到这个世界上,唯一确定的事,就是死亡。

很多人认为,死亡象征着绝望与终结,是人生最大的痛苦。古代有无数的帝王试图躲避死亡,然而事实证明,这只是一厢情愿。

人如果能明白"向死而生"的意义,既能减少对死亡的恐惧,还能拥有活下去的勇气;只有认识到死亡随时会发生,人才会审慎地选择自己该拥有什么。

佛陀之所以觉醒,是因为他发现了天地间一个最大的秘密:在每一期生死中,人都要经历各种各样的痛苦;人生最大的意义,在于拥有了一次获得觉醒(解脱生死轮回)的机会;生而为人如果不发心追求觉醒,就是浪费了一次做人的机会。

人们做事都喜欢事先做好准备,然而面对死亡客观存在这个事实,谁为自己做过准备?于是,不同的人生,一直重复相同的悲剧:出生时,哭泣着来到这个世界,两手空空;成长中,欢喜地用手紧抓住那些原本不属于自己的一切;死亡到来时,又不得不痛苦地放下那些原以为属于自己的一切,重又两手空空。

1942年7月,纳粹德国的军队在法国维希市抓捕了一万三千多名犹太人,把他们集中到体育场中。到"二战"结束时,体育场中的幸存者不及百人。1964年,美国剧作家亚瑟·米勒以此事为题材创作了独幕剧《维希事件》。该剧真实地再现了法西斯分子在拘留所里审讯犹太人的残酷场景。

一个风度翩翩的犹太绅士向纳粹军官出示了自己的各种荣誉证书,大学毕业证、杰出市民证等。

纳粹军官问:"这些是你所有的吗?"绅士点点头。

纳粹军官微笑着把这些东西扔进废纸篓,礼貌地告诉他:"现在,你什么都没有了。"

……

纳粹集中营的幸存者、美国心理学家维克多·弗兰克尔感慨地说："只有剥去那些外在的东西，人才能找到活着的意义。"

想一想，你拥有什么？美貌、健康、权势、财富、才华、荣誉、亲情……所有你引以为豪的一切，在死亡面前，都不过是一层层待剥的洋葱皮。这就像《普贤行愿品》中所说的，"是人临命终时，最后刹那，一切诸根悉皆散坏，一切亲属悉皆舍离，一切威势悉皆退失，辅相大臣、宫城内外、象马车乘、珍宝伏藏，如是一切，无复相随"。

如果《辛德勒名单》的故事重演，你愿意相信普贤菩萨，跟随他离开娑婆世界的集中营，移民到净土世界中去吗？如果愿意，请好好阅读有"净土移民指南"之称的《普贤行愿品》："唯此愿王，不相舍离，于一切时，引导其前；一刹那中，即得往生极乐世界。"

法国思想家蒙田说："学会怎样死亡的人，才不再做死亡的奴隶。"在死亡到来之前，人应该为自己做些什么。

莲华生大士说，如果不忆念死亡，人就没有时间修行；如果不相信因果业报，人就不会舍弃不善；如果不厌弃生死轮回，人就不会希求解脱；如果只想自己获得解脱，人也不会真正觉醒。

03　清音阁，流水禅心

雨天闲居，我和贤友、戒嗔优哉游哉地浏览了大佛禅院的各大殿堂。午斋后，在山门外看了"朝圣起点"，贤友问我："有没有兴趣去清音阁那里走走？两次路过，都没能好好逗留一下，我觉得挺遗憾的。"

戒嗔听了赶紧说："我不想上山了，只想睡觉。要去，你俩去吧。"

山居十里不同天。禅院虽然下雨，清音阁却只是天色阴霾。

清音湖平静如镶嵌在山水间的一块碧玉，湖畔的路很干爽，我与贤友沿湖畔往清音阁走，翠峦环绕，古木参天。一路绕湖、溯溪，溪流有声。过"峨眉山下桥"，看了"良宽诗碑亭"，拾级而上，不多久便走到清音阁。

此时，头顶上阴霾的天色凝重起来。我提醒贤友："说不好这里也要下雨，咱们寺里逛一逛，就往回走吧。"

清音阁建筑狭长，贤友看着殿中的佛像，问我："那天你在金顶说，菩萨有执着，所以身上还挂璎珞；佛没有执着，就不需要璎珞了。菩萨的璎珞从哪儿来的呢？"

据说，最初菩萨和世人一样衣衫褴褛，身无宝饰，心里充满悲愁苦

原谅那些伤害你的人吧!他们甘愿冒着下地狱的危险来成就你,所以要谅解并用慈悲心去祝福他们。记住:即便过错是别人的,业障一定是自己的。

烦，有着许多解不开的心结。在佛陀的指导下，菩萨在禅修中惊奇地发现：每解开一个心结，身上就会出现一颗宝珠。菩萨更加欢喜，他精进禅修；满身璎珞时，心里的悲愁全都没了踪影，只剩下满心的欢喜。

在峨眉十景中，"双桥清音"被誉为"峨眉第一胜景"。

清音阁下的双桥，一座架在黑龙江上，一座跨越白龙江，形如彩虹。桥下的溪水在清音阁合流后，冲向峡谷中的牛心石。千万年来，二水冲击牛心石，牛心石岿然不动，任身上飞花溅玉，撒珠喷雪。牛心石下，水声回荡在峡谷幽林之间，时而清越，时而深沉，如人抚琴，余音清袅。

贤友凭栏望着奔流的溪水，忽然叹了一口气，他问："一个人学佛，能说明什么？"

一个人学佛，能说明什么呢？十多年前，一位信佛的画家在北京什刹海北侧选中了一座小院。画家没想到，小院主人也信佛。他对画家说："咱这院子是政府批准建的，手续齐全。"说着，他压低了声音："前街后邻，都是临时建筑。咱们都是学佛的，就算你不买我的，我也得提醒你。"

画家欢喜地交了钱，提出办理过户，院主告诉他："你别着急，先住着吧。等我办妥了手续，就过给你。放心吧，半年内办清。"画家住了两年半，过户的事依然"如梦幻泡影"。画家每次找院主，院主都有一套说辞。画家明白自己上当了，也不想再和这等烂人纠缠，就委托中介把小院处理掉了。

聊起小院的事时，画家对我说过这样一番话："以前，如果说某人信佛，我就觉得他是好人，他的话我也愿意相信。通过这个小院，我明白了：一个人信佛，只能说明他有心向善，无法证明他就是好人。"

听我讲完这个故事，贤友又叹了口气，他说："我要是早知道这个故事就好了。"

两年前，和贤友经常一起参加佛事活动的佛友小路自称遇到了急事，跟贤友借钱，说一个月就还。那笔钱数目不小，贤友的妻子不同意。贤友想："都是学佛的，都相信因果，再说只用一个月，人家着急，就帮一下吧。"

接下来，事与愿违。贤友没想到，这小路言而无信，不但没按时还钱，还和贤友反目成仇。这件事，让贤友苦恼了两年，依然悬而未决。

贤友说："我为他雪中送炭，他让我雪上加霜。你说，如果不学佛，我会遇上这种烂人吗！"

我也跟着叹了一口气："贤友，世上确实有不完美的佛教徒，不过你得坚信，佛陀的教导是没有瑕疵的！再说，你这些烦恼，是学佛造成的呢，还是轻信造成的呢？"

贤友说："我以为学佛的都是好人呢，所以相信了他。"

"在《阿弥陀经》里，佛陀说，我们生活在五浊恶世。佛陀说得够明白了吧！五浊恶世的人，心中装满了贪嗔痴，习惯于谋私利、算计他人……尤其一些心术不正的，看到佛弟子的善良慈悲，就混到佛门中来，以种种借口诈骗真正的佛弟子。如果只学佛的慈悲，不学佛的智慧，那是我们学傻了，这个不能怪佛陀啊！"

此时，我还想到大瑜伽士米拉日巴的一段话："原谅那些伤害你的人吧！他们甘愿冒着下地狱的危险来成就你，所以要谅解并用慈悲心去祝福他们。记住：即便过错是别人的，业障一定是自己的。"

贤友说："你知道吗，我后来一打听，有不少佛友都被这姓路的给骗了。这帮人打着学佛的旗号混到佛门做坏事，太可恶了！应该尽快下地狱！"

我说："佛陀说众生都会成佛。佛陀的祝福，也包括你说的那个姓路的。你应该祝福他早日改过向善。"

贤友摇了摇头："我不祝福他。我觉得还是观音菩萨说得好：咒诅诸毒药，所欲害身者，念彼观音力，还着于本人。那姓路的做坏事，就该得报应。"

"如果他感应到你的祝福，心生忏悔，愿意把钱还给你呢？"

贤友一听笑了，他挠着头说："如果能这样，当然好！我把钱借给他，可不是想和他结恶缘。"

"贤友，做错事的人不是你，何必不开心！你笑起来像个菩萨，你应该多笑。来，咱们做个游戏吧！"我用左手捂住贤友的左眼，问他："你右眼能看到周围的一切吗？"

贤友扭头看了看周围："能。"

我用右手捂住贤友的右眼，问他："现在用左眼看，和右眼看到的是一个世界吗？"

"是。"

我松开手，又问贤友："现在呢？你两只眼一起看，这世界是一个，还是两个？"

我们顺着来路往回走，一路溪声喧腾，贤友却保持着沉默。

走到"中日诗碑亭"前，他停下脚步说："你说的，我还有个不理解的地方。因果为什么不现世现报？让作恶的人尽快得到恶果，不也能帮他改过向善吗？"

贤友这个想法很好，但不现实。因为佛陀发现因果是贯穿三世的。

"贤友，咱们把一年的春夏秋冬比作一生。因果中的'现世现报'，就像有些作物，可以当年种、当年收；因果中的'来生报'，就像北方种的冬小麦，在上一年的秋天播种，来年的夏天收获；如果种的是果树，今年种，要结出果实，或许要过三五年，这就好比因果中的'未来报'。"

贤友"哦"了一声，双眼放光，恍然大悟的样子。

"因"的种子不同，结"果"的时间就会有不同。因此不是所有种下的因都能"现世现报"。人如果看不到因果的连贯性，难免会疑惑为什么做好事的人没能得到好报。《金刚经》中讲："如来是真语者、实语者、如语者、不诳语者、不异语者。"如果相信佛陀不会欺骗我们，即便眼睛看不到三世，我们只管多做善事好啦。

好人好自己，坏人坏自己。因果是不会出错的。

04 峨眉山下桥

从清音阁下行,溪流左岸有座"中日诗碑亭"。这座圆形草顶的凉亭,是典型的日本建筑风格。亭子不高,亭下安放着一块大石头。

石上刻着日本高僧良宽大师的《试题峨眉山下桥桩》:"不知落成何年代?书法遒美且清新。分明峨眉山下桥,流寄日本宫川滨。"石头的另一面,刻有前中国佛教协会会长赵朴初的一首诗:"禅师诗句证桥流,流到宫川古渡头。今日流还一片石,清音长共月轮秋。"

如果匆匆走过,无缘读到石上文字,肯定会错过这段传奇。

1825年(清道光五年)冬天,一根刻有"峨眉山下桥"五个字的桥桩,漂流到日本新潟县宫川滨的海滩上,被日本僧人良宽散步时发现。

读着桥桩上的"峨眉山下桥",良宽想到了位于中国四川的普贤菩萨道场——佛教圣地峨眉山。他将桥桩视为圣物珍存起来,在上面题写了一首诗,以示纪念。

因为拾得这根桥桩,良宽还曾萌发过到峨眉山朝圣的心愿,可惜未能实现。

良宽的弟弟由之在《八重菊日记》中写道:"据说坐落在唐土的峨眉山,其山麓的桥桩顺水漂流,得到它而加以赞扬的人为此而吟歌……

贤友问："你写的书就像这座桥，引领着我走到佛菩萨身边。你告诉我，你能写出这些书，是不是开悟了？"我摇了摇头。

朽木尚且富有感情，何况山中傍晚的月亮！"

在良宽与"峨眉山下桥"结缘一百六十五年后，1990年，中日友好汉诗协会在峨眉山清音阁下建起这座诗碑亭，还在附近建造了一座索桥。日本著名禅学家柳田圣山为诗碑亭题写了匾额。

诗碑亭所在之地，原是一片丛林。如今有亭，有碑，有桥，成为山中一处景观。在诗碑亭左前方，复建的索桥横跨溪流。四根桥桩，分立两岸。每根桥桩高八尺七寸，周长为二尺九寸，桩头饰有人脸，按良宽收藏的那根等大复制。

索桥上铺有木板，人走在桥上，铁索摇摇晃晃。走到桥中央，贤友停下脚步，手扶铁索，回头问我："你写的书就像这座桥，引领着我走到佛菩萨身边。你告诉我，你能写出这些书，是不是开悟了？"

我摇了摇头。

贤友知道世上有个马明博，缘起《愿力的奇迹》。

《愿力的奇迹》是我发心创作"中国佛教四大名山参访记"的开篇之作。当年，贤友读到这本书，被地藏菩萨的大愿感动，发心学佛。这本《愿力的奇迹》就像一座桥，让我与贤友成为朋友。

随后的《观音的秘密》（主题是普陀山与观音菩萨）、《因为你，我在这里》（主题是五台山与文殊菩萨）、《世界因你而欢喜》（主题是雪窦山与弥勒菩萨），贤友都一一读过。

贤友诚恳地说："这里又没有别人，你告诉我没关系，不要谦虚。"

看来，贤友误会啦。有些道理，越解释会越复杂，不如用故事来讲。

有一天，大梵天王为天人讲解受持五戒的功德，得到一致称赞。大梵天王欢喜地来到祇园精舍，跟佛陀说这件事。

佛陀看了他一眼，没理他。

大梵天王心中纳闷:"我弘扬佛法,佛陀应该随喜赞叹啊!怎么反而不理我呢?"越想越委屈,他正要开口时,佛陀说:"你知道吗?我不想和妄语者说话。"

大梵天王生气地问:"难道我是妄语者?"

"你今天为天人讲解了受持五戒的功德,对吗?"大梵天王理直气壮地说:"是。""如果你从受持五戒中得到了真实利益的话,你讲解持戒的功德属于如行而说,是实语者。问题是你没有受持五戒,你讲解持戒的功德,就像没吃过梨子的人向他人介绍梨子的滋味一样,这难道不是妄语吗?"

贤友说:"我相信你没有妄语。不过,我还是感觉你开悟了。"

"真正开悟的人,不再有见惑与思惑。也可以说,开悟的人不再犯错误,也不再有烦恼。你看我还有没有烦恼呢?是说我谦虚呢,还是我实话实说呢?"

贤友想了想,又问:"如果你对佛法体会不深,不可能写得这么深刻啊!"

"比方说,我生病了,听说佛菩萨是良医,我就去找他们治疗,从而痊愈。我喜欢记日记,把就诊经过记录成文字,提供给其他病友,方便他们寻医问诊。我的就诊日记,能证明我也是良医吗?"

贤友听了,手扶桥索,大笑起来。

脚底下的桥索摇晃得越来越厉害,我赶紧伸手抓住贤友的胳膊。

走过"峨眉山下桥",贤友说:"不管你怎么说,反正读你的书我受益了。"

让贤友受益的,其实是这些书中记录的佛陀的智慧与慈悲。我充其量不过是充当了一个摘抄者的角色。写下这些文字的我,就像银行里的一位柜员，点钞时经手得再多，也不属于自己，都得如数上交。

清音湖畔，有摊位卖新摘的橘子。我买了几个，与贤友边走边吃，我问他："吃橘子时，你喜欢橘子瓣，还是橘子皮？"

贤友愣愣地看着我，不明白我为什么这样问他。

我给他讲了一则佛法东来的故事。"有位天竺僧人为把佛法传播到东方，牵着一头驴，沿丝绸之路穿越沙漠向东走来。驴子背上驮着佛像和经书。"

贤友打断我："一头驴能驮多少？他为什么不牵头骆驼，或者一匹马呢？"

在一千五百年前，骆驼与马类似现在私家车中的奔驰、奥迪、宝马。僧人能有一头驴，已经算是不错了。

贤友笑了，没再反驳，他认可了这个解释。

一天，僧人牵着驴走到沙漠的绿洲中。那一天正好是市集日。当地的人信仰佛教，他们看到僧人牵驴走过来，纷纷停下手里的活儿，让出一条路来。他们还趴到地上，向驴背上驮的佛像、经书以及牵驴的僧人顶礼。

僧人谦卑地合十还礼。他没在市集上停留，牵着驴继续向东走。走过市集，驴子高兴地仰天大叫起来。一路走来，它从来没像今天享受过这样尊贵的礼遇。

"这头驴子心中暗暗得意。真没想到，我是一头与众不同的驴啊！市集上那么多的人都对我跪了下来！"

讲到这里，我问贤友："驴子这样想对吗？"

"不对。"

"贤友，真正让你感动的，是我在书中记录的佛陀的智慧与慈悲。如果你一夸我，我也洋洋自得，认为自己写得好，你说我跟驮经书、佛像的那头驴还有什么区别吗？就跟吃橘子一样，你要的是橘子瓣，别留恋橘子皮。"

05　不要坐在黑暗里

我们回到禅院时,天色已暗。房间里黑着灯,贤友打开门,喊了一声"戒嗔"。戒嗔懒洋洋地回应了一声。我说:"你没睡着,干吗不开灯啊?"

"我懒得动。"

房间里光线昏暗。我在墙上摸到开关,打开灯。

戒嗔在床上坐了起来,光亮刺激了他的眼睛,他把手挡在眼前。

"开下灯费多大事儿?干吗坐在黑暗里。"

"我坐在黑暗里也不碍你们的事啊!再说,不开灯不省电吗。"

"不光植物朝着有光的地方生长,人也需要光。打开灯,被光明照耀着,也是你的福报啊!"

戒嗔不以为然:"房间的灯又不是供佛的,就算开着,我能有什么福报?"

"灯"与"光明",在佛经中富有象征意味!一般来说,无明的代表是黑暗,觉照的代表就是光明。

授记释迦牟尼将来会成佛的,是"燃灯佛"。《八十八佛忏悔

　　每盏灯都是有心的。在黑暗中点亮灯盏，既可以自利，又能利益他人。在漆黑的夜晚，传递到室外的灯光，可以帮行人照亮脚下的路，让他获得安全感。

文》中，许多佛的名号都自带光明，像"普光佛""普明佛""慧炬照佛""不动智光佛""观世灯佛"等。《普贤行愿品》中，普贤菩萨发愿"于暗夜中，为作光明"。禅门典籍《景德传灯录》《五灯会元》，都以灯为名。

诸佛菩萨都是点亮了心灯、焕发出光明的人，因此被誉为"世间灯""人海灯"。在茫茫人海中，他们是行走的灯盏，走到哪儿照亮哪儿，帮助众生驱散对无明黑暗的恐惧。

西方净土世界的阿弥陀佛，也被称作"无量光佛"。如《大乘无量寿经》中记载道："阿弥陀佛光明善好，胜于日月之明，千亿万倍，光中极尊，佛中之王；是故无量寿佛，亦号无量光佛；亦号无边光佛、无碍光佛、无等光佛；亦号智慧光、常照光、清净光、欢喜光、解脱光、安稳光、超日月光、不思议光。"

佛菩萨放出光明，是为了照破众生的无明。众生点亮灯盏，既能照破黑暗，也可以供养佛菩萨。如《普贤行愿品》中的"广修供养"，"燃种种灯，酥灯、油灯、诸香油灯，一一灯炷如须弥山，一一灯油如大海水；以如是等诸供养具，常为供养"。

在《超日月三昧经》中，佛陀说，燃灯供佛的人，会得到无量的福报；给父母、僧众、修行者提供灯盏的人，会获得无量的福报；甚至在夜晚点亮灯盏的人，同样会获得无量的福报。

每盏灯都是有心的。在黑暗中点亮灯盏，既可以自利，又能利益他人。在漆黑的夜晚，传递到室外的灯光，可以帮行人照亮脚下的路，让他获得安全感。

听了这番话，戒嗔若有所悟。他说："你讲得真好。我以后不坐在黑暗里啦。"

我问:"峨眉山还有一个名字,知道叫什么吗?"

戒嗔抢着说:"大光明山。我在万年寺见过。"

贤友问:"为什么峨眉山又叫'大光明山'呢?"

"或许是因为峨眉四大奇观——日出、云海、佛光、圣灯中清晨的日出、白天的佛光、夜里的圣灯,这三个与光明有关吧。"

戒嗔叹了口气,说:"想想挺遗憾的。咱们来这一趟,四大奇观只看到个云海。菩萨怎么不照顾照顾我们呢?"他的语气像愿望没得到满足的孩子。

"菩萨照顾你啦,不是给了你一个宝贝吗?"贤友认真地说。

贤友的提醒,让戒嗔兴奋起来。他回到床前,从枕下摸出那块彩绘的玛尼石,左看右看,爱不释手。

如果把普贤菩萨的"十大行愿"视为照向十方的明灯,在佛法的世界里,作为大光明山的峨眉山,不就像矗立在茫茫业海边缘的灯塔吗?灯塔里放出的光明,对迷航的船来说,不仅是光明,更是温馨、善意,甚至是心灵的依怙!

来峨眉山朝圣,即使有幸亲眼看到佛光与圣灯,你也只是看看,无法带走。但是如果把"普贤十大行愿"放在心上,无论你走到哪儿,菩萨的灯盏都会照亮你脚下的路,引领你远离黑暗,走向光明。

说到从黑暗走向光明,《杂阿含经》中有这样一个故事。

一天,波斯匿王来到祇园精舍,向佛陀请教法要。佛陀说:"世间有四种人:从黑暗到黑暗的人、从黑暗到光明的人、从光明到黑暗的人、从光明到光明的人。"

有的人出身卑贱,生活贫困,喜欢做恶事、说恶语、怀恶心;死后,他将投生到坏的去处。这是从黑暗到黑暗的人!

有的人出身卑贱，生活贫困，喜欢做善事、说善语、怀善心；他死后，将投生到好的去处。这是从黑暗到光明的人！

有的人出身高贵，生活富裕而幸福，他喜欢做恶事、说恶语、怀恶心；他死后，将投生到坏的去处。这是从光明到黑暗的人！

有的人出身高贵，生活富裕而幸福，他喜欢做善事、说善语、怀善心；他死后，将投生到好的去处。这是从光明到光明的人！

戒嗔问："坏的去处是哪里？"

佛陀所说坏的去处，指"三恶道"：地狱道、饿鬼道、畜生道。地狱道的众生苦恼无有间断，饿鬼道的众生终日为饥寒所迫，畜生道的众生愚痴无明。坏的去处，黑暗、痛苦、恐怖，置身其中没有解脱的机会。

"好的去处呢？"

好的去处，比如生在富裕而幸福的人家，比如生到拥有更大福报的天界，比如出离轮回，往生到西方净土。好的去处，光明、温暖、自在，以西方净土为最上；重回人间，或投生天界，依然免不了要接受轮回。

"是灵魂去投生吗？"

佛教不认为世界上有永恒不变的灵魂。据《中阴经》讲，由今生进入来生的，是"意识中的自我"；叫"意生身"，或"识身""中阴身"。

在生活中，愿意实践"十大行愿"的人，临命终时，普贤菩萨会引导此人"识身"前往光明无量的西方净土世界。佛菩萨虽然愿意用心灯照亮我们，但要行愿的事不能依靠别人，要脚踏实地去做。不好好行愿，这一生结束时，谁能保证你不走到黑暗里？

《一千零一夜》里说，尘世就像为旅客开的一个客栈，投宿一夜，第二天必须各奔东西去走各自的路。

明天,我们就要回归各自的生活,和峨眉山说再见啦。睡前,要提前整理好行囊。

贤友说:"就要分手了,你想对我说点什么呢?"

俄国诗人叶甫图申科说:"我不善于道别,尤其对于我爱的人。"看着贤友有些湿润的眼睛,我一时不知道该说些什么。

房间里的气氛有些沉闷。三个人都不说话,各自收拾自己的东西。

戒嗔忽然认真地问:"朝山就这样结束啦?"

是的,朝山就这样结束了。然而,又像莎士比亚说的,"所有过往,都是序曲"。

朝山对我们的心灵会有什么样的影响呢?

我想,帷幕才刚刚拉开。

后记　在命运之书里，我们同在一行字之间

01

文字的力量有限，既无法传递五台山顶皑皑白雪的清凉，也展现不出峨眉金顶云海翻腾的壮观；既描绘不出九华山中明月清风的旷达，也记录不了普陀山下海天佛国的潮音……

文字又有"无用之用"，可以是渡河者的舟桥，也可以是远行者的道路；可以是迷茫者的路标，也可以是疾痛者的良药；可以是无助者的抚慰，也可以是暗夜里的灯盏……

多年前，一位长者对我说："要学习耐烦，不妨试着去读一本厚书。当你一字一句从头读到尾，既获得了知识，也增益了耐心。"

正在阅读这篇后记的朋友，您是否有同感呢？

02

山西五台山是大智文殊菩萨住持的道场。在《因为你，我在这里》封面上，我写了这样一段话：

对来五台山的人，文殊菩萨会说：你迢迢而来，只为在五台山遇见我。因为你，我在这里。我为你点亮灯盏，只因无明夜暗、轮回路险……

对离开五台山的人，文殊菩萨会说：无论你走到哪儿，世界都跟随着你；无论你走多远，都走不出我的眷恋。因此，你在哪里，我就在哪里。

浙江普陀山是大悲观世音菩萨住持的道场。在《观音的秘密》封面上，我写了这样一段话：

写作这本书，是因为我发现了一个深藏久远的秘密：

在生死轮回的大海上，我们的身体就是普陀山，而观音菩萨居住其间。

安徽九华山是大愿地藏菩萨住持的道场。在《愿力的奇迹》封面上，我写了这样一段话：

在九华山地藏道场，我感悟到——

有佛法就有办法，有愿望就有力量。

生活是一串由烦恼与痛苦串成的念珠，你可以微笑着捻动它。

民国以来，浙江雪窦山作为布袋弥勒的应化之地引起关注，汉传佛教第五大名山已有呼之欲出之势。在《世界因你而欢喜》封面上，我写了这样一段话：

登雪窦山，参布袋禅，会弥勒心：
　　眼前都是有缘人，相见相亲，怎不满腔欢喜？
　　世上尽多难耐事，随遇随缘，何妨大肚包容！

　　随着"峨眉卷"的问世，"中国佛教名山参访记"这个从2008年开始的写作计划得以画上圆满的句号。

　　我的"中国梦"，至此梦想成真。

　　作为行旅者、见证者、记录者，其间种种不可思议的因缘，无法言传。此刻，我唯有低眉，合十，感恩。

03

　　贤友是谁？戒嗔又是哪个？

　　第一次去峨眉山采风时，许文涛、吴万春、陈光华与我相伴，替我背包。重游峨眉时，罗艺萍、李苑辉、郭斌与我风雨同行。

　　贤友、戒嗔，这两个名字，是与我同行者的总和。

　　行脚峨眉，感谢道坚大和尚、宏开法师、宽忍法师、源明法师等诸善知识的护念。

　　二上峨眉，途次成都时，书法家洪厚甜邀我茶叙。座中，我举杯相约，请他题笺。峨眉山是屹立四川、影响全球的佛教名山，厚甜兄是出身巴蜀、影响全国的书法家。微斯人也，孰胜此任？

　　菩萨与名山，这一信仰方式虽出自佛经，但在佛教的故乡——印度却已无迹可寻。汉传佛教名山的形成，是"佛教中国化"进程中结出的硕果。

　　"佛教名山"这个系列在陆续出版的过程中，被宝岛书业同人引进并同步推出了繁体字版。能为弘扬中华优秀传统文化助力,能为"佛教中国化"略尽绵薄,我感到万分荣幸!

最初写作《愿力的奇迹》时,我未敢奢望日后会完成这个系列。2009年,柏林禅寺住持明海大和尚读完《愿力的奇迹》对我说了一段话:

"说起地藏菩萨,一般来说,人们容易想到幽冥阴暗与地狱众生。你这本书写得很光明。我觉得,四大菩萨、四大名山,九华山和地藏菩萨是最难写的。既然你写得这样好,何不趁热打铁,把文殊、观音、普贤三大菩萨和另外三座名山也写一写呢?"

唐古拉冰川上融化的水滴,未必会想到自己最终能融入大海。此时,抚摸书稿,我觉得就像一场梦一样。

如果这些书是真的,这何尝不是"愿力的奇迹"!

04

恩师净慧长老多次讲到"因缘和合,一事乃成"。

写作"佛教名山"系列,一路走来,对所有的同行者、护念者、支持者,对所有成就这个系列圆满完成的善缘,我心怀感恩。

感谢众多的题笺者:明憨法师、纯空法师、万德法师、张荣庆、吴悦石、王镛、陈玉圃、旭宇、陈传席、范扬、熊召政、刘正成、张世刚、刘彦湖。

感谢插图者范治斌、梁建平、杨梵的精心绘制。

感谢佛门大德的护念:净慧长老、梦参长老、道生长老、能修长老、明生大和尚、明基大和尚、妙生大和尚、慧憨大和尚、宗学大和尚、妙一法师、悟根法师、智宗法师、觉如法师、光谦法师、汇远法师、宏慧法师、养立法师。

感谢善友的不懈支持：彭秀春、刘圣、钝庐、刘晓笛、李立立、薛莉、姚琼、项春霞、许凤妹、王琳洁、穆小梅、魏秀茹、王卫红、梵音、汪盛伟、吕名、费业朝、雪丽、蒋宝华、周开龙、章剑锋、徐炜波、赵福伟、周亮、刘强立、张艺林、马立春、邢泽、郭顺、许巍、马春景、王彬、王文敬、明玉峰、管晓明、张秀文、刘强、马晓飞、陈月、田一可、郭毅、李琪、赵超、赵卫立、石磊、刘冬……

感谢画家史国良绘制《愿力的奇迹》封面图，感谢作家莫言为《愿力的奇迹》赐序，感谢作家余秋雨为《愿力的奇迹》台湾版作推荐。

感谢艺术家东方涂钦、窦希铭的鼎力襄助。

感谢三联书店郑勇、唐明星、胡群英的辛勤付出。

……

感谢所有的读者朋友——我们是彼此的灯，一直在相互照亮。

莎士比亚说："在命运之书里，我们同在一行字之间。"此刻，在我心中涌动的感恩，一时无法写尽。